FSC
www.fsc.org

**MIX**

Papier aus ver-
antwortungsvollen
Quellen
Paper from
responsible sources

FSC® C105338

Heinz-E. Klockhaus

# Fritz und Fritzchen

## Die Wachhunde
## in unserer Stadt

**Eine Geschichte zum Bellen**

Heinz-E. Klockhaus
Postfach 100246
D-42499 Hückeswagen
info@klockhaus-textdichter.de
www.klockhaus-textdichter.de

Bibliografische Information der
Deutschen Nationalbibliothek:
Die Deutsche Nationalbibliothek
verzeichnet diese Publikation in der
Deutschen Nationalbibliografie;
detaillierte bibliografische
Daten sind im Internet über
www.dnb.de abrufbar.

© 2021 Heinz-E. Klockhaus

ISBN: 978-3-7534-7747-3

Herstellung und Verlag: BoD –
Books on Demand, Norderstedt

ANWALTSKANZLEI FRITZ HUND stand auf dem glänzenden Messinkschild, das an der Haustür hing. Heute sollte sein großer Tag sein! Schon als Kind träumte Fritz Hund von einem eigenen Hund. Jedes Jahr zu Weihnachten hat sich der kleine Fritz einen Hund vom Weihnachtsmann gewünscht. Aber dieser Wunsch wurde ihm nie erfüllt. Doch, in einem Jahr stand ein kleiner Hund unter dem Tannenbaum. Das gab einen Jubel! Aber dann sah Fritz, dass es sich nur um einen Stollfund handelte. Er war so traurig und hat so furchtbar geweint. Ja, und dann kam das Jurastudium, da ging es auch nicht. Aber heute endlich wollte er sich diesen Traum erfüllen. Gut gelaunt und ein Lied pfeifend fuhr er zum nahegelegenen Tierheim außerhalb der Stadt. Dort wollte er nach einem lieben dankbaren Tier Ausschau halten. Wie oft hatte er schon gehört und gelesen, dass ein Hund der beste Freund des Menschen sei. Sein bester Freund seit der Schulzeit war Heinz. Aber zweitbester Freund, das konnte der

Hund ruhig werden. Fritz stellte seinen Wagen auf dem kleinen Parkplatz vor dem Tierheim ab und ging durch das große Holztor. Da waren auch schon Käfige zu sehen, in denen Hunde neugierig guckten, schliefen oder auch bellten, als sich Fritz näherte. „Guten Tag," sagte eine Dame freundlich, „kann ich Ihnen helfen, oder wollen Sie sich nur umschauen?" „Sie sind hier beschäftigt?" fragte Fritz Hund. „Mein Name ist Fritz Hund. Ich suche einen Hund." „Das ist ja lustig," sagte die Dame, „Herr Hund sucht einen Hund. Ich bin die Leiterin des Tierheims. Mein Name ist Käfig." „Käfig in einem Tierheim," sagte Fritz, „das ist aber auch lustig." „Was für ein Hund soll es denn sein?" „Da bin ich nicht so festgelegt," sagte Fritz Hund, „einer mit vier Beinen, zwei Ohren, einem Schwanz, ein lieber Hund." „Nimm mich! Ich bin eine gute Wahl!" sagte ein Hund, der alleine in einem Käfig war, vor dem sie gerade standen. „Ein Hund, der sprechen kann?" sagte Fritz überrascht. „Ein Hund der sprechen kann?" wiederholte Frau

Käfig." „Sie hört mich nicht," sagte der Hund. „Der hier würde mir schon gefallen," sagte Herr Hund. „Den kann ich Ihnen gegen Zahlung einer Schutzgebühr von 50 Euro geben," sagte Frau Käfig, „er ist schwer zu vermitteln." „Sie ist auch schwer zu vermitteln," sagte der Hund, „ist schon über vierzig und hat noch keinen Mann." Fritz lachte. „Ein Mischling, man weiß es nicht so genau." „Man weiß es nicht so genau," wiederholte der Hund, weiß sie es denn von sich so genau?" „Warum lachen Sie?" fragte die Leiterin des Tierheims. „Mir gefällt er," sagte Fritz. „Dann gib ihr 50 Euro und sag, die Sache ist perfekt." „Wie heißt er denn?" „Ach du liebe Zeit," sagte Frau Käfig, „sagten Sie nicht, Sie heißen Fritz Hund? Der Hund heißt auch Fritz." „Hm, das ist in der Tat ein bisschen ungewöhnlich. Wissen Sie was? Ich werde ihn Fritzchen nennen." „Das wüsste ich aber!!!" sagte der Hund. Und Frau Käfig fand: „Das ist eine gute Idee!"

„Ich nehme ihn mit!" sagte Herr Hund. Und aus dem Käfig kam ein freudiges „Eine gute Wahl!"
Herr Hund bezahlte die 50 Euro und ging mit seinem neuen zweitbesten Freund zu dem kleinen Parkplatz, wo sein Auto stand. „Hast Du Probleme mit dem Autofahren?" „Ich habe keinen Führerschein," sagte der Hund, „aber ich fahre gerne mit. Wir werden wunderbare Ausflüge in die Natur machen." „Warum sagte sie, Du bist schwer zu vermitteln und warum kann ich Dich hören und sie nicht?" „Weil mein Hundeschutzengel gesagt hat, ich soll auf den Richtigen warten. Und den scheine ich ja nun gefunden zu haben." Der Hund stieg auch bereitwillig ins Auto, und Fritz Hund fuhr sehr glücklich mit seinem neuen Hund nach Hause." „Was bist Du von Beruf?" fragte der Hund. „Ich bin Rechtsanwalt," sagte Herr Hund. Gleich kommt noch eine junge Klientin, und dann habe ich den Rest des Tages Zeit, und wir können uns ein bisschen beschnuppern. Du kannst auch schon Bekanntschaft

mit Deinem neuen Zuhause machen."

„Ich kann auch gerne eine junge Klientin ein bisschen beschnuppern," sagte der Hund. „Nein! Das kannst Du nicht!" sagte Herr Hund. Wenn ich arbeite, hast Du Pause." „Da steht es ja, Anwaltskanzlei Fritz Hund," sagte der Hund, als sie ausgestiegen waren. „Du kannst ja auch lesen!" „Dachtest Du, ich wäre ein dummer Hund?" „Nein, nein, keineswegs. Dann komm mal rein." Der Hund sah sich sehr interessiert sein neues Zuhause an. „Seewasserfische," sagte er und blieb vor einem Aquarium stehen. „Ja, weißt Du, ich habe mir schon als Kind einen Hund gewünscht. Aber nie einen bekommen. Als kleinen Ersatz durfte ich dann ein Aquarium haben. Seitdem habe ich immer Fische gehabt. „Du darfst keine Wildfänge kaufen," sagte der Hund, „die Menschen plündern dafür die Korallenriffe aus. Und dann kommen nur wenige davon hier an, weil sie am Gewicht sparen und die Fische in viel zu wenig Wasser transportieren.

Das wird alles einkalkuliert. Du bezahlst hier 25 Euro für einen Fisch, und die Jungs, die ihn fangen, kriegen vielleicht 10 oder 20 Cent dafür." „Donnerwetter!" sagte Herr Hund, „Du bist ja wirklich kein dummer Hund. Aber ich weiß das auch und unterstütze so etwas auch nicht. Inzwischen werden auch hier genug Meerwasserfische gezüchtet. „Fritzchen ist wirklich kein dummer Hund." „Fritz, wenn ich bitten darf." „Darüber müssen wir reden. Das ist nämlich so. Ich heiße Fritz, und Du heißt Fritz. Und das gibt Verwechslungen. Also heißt Du ab heute Fritzchen." „Da gibt es eine Alternative," sagte der Hund. „Und die wäre?" „Ich heiße Fritz und Du heißt Fritz. Und da das zu Verwechslungen führen wird, heißt Du ab heute Fritzchen." „Du bist ja nicht gescheit!" sagte Herr Hund. „Du hast mir doch gerade noch bestätigt, dass ich kein dummer Hund, also sehr wohl gescheit bin." „Nun hör mir mal zu," sagte Herr Hund, „ich habe Dich aus dem Tierheim geholt, Du wirst mein zweitbester Freund sein, aber die Entscheidungen hier treffe ich. Sind wir uns da von vornherein einig?" „Nein!!!" sagte der Hund, „die Zeit der Sklavenhalterei ist vorbei. Eine Gemeinschaft geht nur auf Augenhöhe." „Du alte Töle erwartest doch wohl nicht, dass mich einer Fritzchen nennt, weil mein Hund Fritz heißt!" „Dann bring mich doch zurück zur Frau Käfig!" Das Gespräch wäre wahrscheinlich eskaliert, wenn nicht in dem Moment die erwartete Klientin Fräulein Chantal Bodenwall gekommen wäre. Frau Bodenwall war eine junge Frau mit ganz viel Piercings im Gesicht und Ringen an der Lippe, der Nase und den Ohren. „Mein Name ist Chantal Bodenwall, wir hatten einen Termin." „Ja, guten Tag Frau Bodenwall." „Chantal, du hast'n Knall. Ich schiff ihr ans Bein! Wer ist hier das Fritzchen?" sagte der Hund. „Ich wiederhole: Wer ist hier das Fritzchen?" Herr Hund zuckte zusammen. Mit so einer Dreistigkeit hatte er nicht gerechnet. Was sollte er in dem Moment machen? „Ich bin das Fritzchen," sagte er erschrocken. „Geht doch!"

sagte der Hund. „Wie bitte?" fragte Chantal. „Was kann ich für Sie tun? Was führt Sie zu mir? Was ist Ihr Anliegen?" fragte Herr Hund. „Ich will meinen Ex verklagen," sagte Fräulein Bodenwall. Er hat mir die Ehe versprochen. Und dann hat er sich aus dem Staub gemacht." „Das kann ich verstehen!" sagte der Hund." „Das können wir verstehen," sagte Herr Hund ganz verwirrt. „Wie bitte?" Und der Hund fuhr fort: „Die Chantal Bodenwall hat das Gesicht voll Altmetall." „Das ist kein Altmetall, das sind Piercings," sagte Herr Hund. „Sie sind ja verrückt!" sagte Chantal Bodenwall, „wie kann man mir so einen Anwalt empfehlen!?" Und sie verließ die Kanzlei. „Hoffentlich kommt sie an keinem Magneten vorbei mit ihrem Altmetall," sagte der Hund, „da bleibt sie hängen." „Ja, bist Du alte Töle denn wahnsinnig?" schrie Herr Hund." „Ich höre am Unterton, dass es sich bei Töle um ein Kosewort und kein Schimpfwort handeln soll," sagte der Hund. „Bist Du wahnsinnig??? Du vergraulst mir die

Klienten. Und dann auch noch: Ich mach ihr ans Bein." „Ich schiff ihr ans Bein, hab ich gesagt" berichtigte der Hund. „Das war Erpressung im Beisein eines Klienten!!!" „Gibt es jemanden, der das bezeugen kann?" fragte der Hund. Dann schellte das Telefon. „Hier Anwaltskanzlei Fritz Hund, guten Tag! - Schon wieder ein Hund? Nein, nein, das ist schon in Ordnung. Ich hatte nur gerade einen ähnlichen Fall. Der Hund wurde angefahren? Ja, ich verstehe. Da sehe ich ehrlich gesagt wenig Chancen, damit durchzukommen. Nein, nein, ein Hund ist nach dem Gesetz keine Sache, aber wie eine Sache zu behandeln. Jawohl, wie eine Sache. Das ist gerade wieder ein aktuelles Thema. So steht es im Bürgerlichen Gesetzbuch. Ob man daran etwas ändert in den nächsten Jahren, vermag ich nicht zu sagen. Nein, ganz wenig Erfolgschancen. Ja, gerne, keine Ursache. Auf Wiederhören. - Um Himmels Willen, was machst Du denn? Warum meldest Du Dich denn nicht, wenn Du mal raus musst???" „Wer sagt denn, dass ich mal raus muss? Ich muss nicht raus!" sagte der Hund. „Du hast mir doch gerade an den Schreibtisch gepinkelt, Du Schwein!!!" „Ich doch nicht! Es war eine Sache. Eine Sache hat Dir an den Schreibtisch gepinkelt." „Hör mal zu, mein Freund. Nach dem geltenden Recht ist ein Tier keine Sache mehr, aber wie eine Sache zu behandeln. Ich habe die Gesetze nicht gemacht, ich wende sie nur an." „Und ich zeige Dir mit meiner Anwendung, was ich davon halte," sagte der Hund. „Der erste Tag mit Dir verläuft nicht gerade harmonisch," sagte Herr Hund, „und ich habe mich so auf Dich gefreut." „Dann kann es ja nur besser werden," sagte der Hund. „Ich schlage vor, dass wir ein bisschen schweigen. Sieh es doch mal so, andere Hunde reden auch, aber die Menschen verstehen sie nicht. Mich versteht ja auch nicht jeder. Dann baut sich Frust auf. Da haben wir es doch besser. Wir können uns unterhalten. Du sagst mir Deine Meinung, und ich sage Dir meine

Meinung. Ist das nicht unter Menschen auch so?" „Ich habe nicht mal mehr die Kraft, Dir zu wiedersprechen," sagte Herr Hund. „Na siehst Du, Fritzchen, das wird schon," sagte der Hund. „Das lasse ich so nicht stehn! Du Töle, ich lasse das so nicht stehn!!!" „Der Hund ist keine Sache, aber wie eine Sache zu behandeln. Du musst doch zugeben, dass Ihr Menschen in Oberhausen reichlich schwach besiedelt seid!" „Was sind wir?" „Ihr seid nicht ganz dicht, Ihr habt eine Schraube locker, ihr seid mit dem Klammerbeutel gepudert, Ihr habt einen an der Klatsche!" „Es reicht!!!" „Keine Sache, aber nach dem Gesetz wie eine Sache zu behandeln, so einen Blödsinn würde sich nicht einmal eine ganz gewöhnliche Stubenfliege ausdenken." „Und wie würdest Du das lösen?" „Du bist ein Mensch, und ich bin ein Hund, und die Honigbiene ist eine Honigbiene. Wenn jeder jeden als Geschöpf respektiert, dann brauchen wir darüber überhaupt keine Gesetze. Komm, Alter, lass ein Leckerli rüberwachsen!" „Was?" „Ein

Hundeleckerli! – Sag bloß, Du hast keine Hundeleckerlis? Holt sich aus dem Tierheim einen Hund und hat keine Hundeleckerlis. Aber Bier im Kühlschrank, was?" „Du hast ja recht. Du bist mein erster Hund." „Dann sieh zu, dass Du auch mein letzter Mensch bist." „Morgen fahre ich zum Supermarkt und kaufe Dir Leckerlis, das ist versprochen." „Ich fahre mit." „Da dürfen Hunde nicht mit rein." „Ich weiß, ich warte draußen." „Na gut," sagte Herr Hund. Als Herr Hund an dem Abend ins Bett ging, trottete der Hund hinterher. „Du schläfst unten in der Diele", sagte Herr Hund, „ich gehe jetzt schlafen. Schlaf gut!" „Das Schlafzimmer heißt nicht Menschenschlafzimmer und auch nicht Keinhundeschlafzimmer, sondern Schlafzimmer," sagte der Hund. „Ich gehöre jetzt zur Familie, und die Familie schläft im Schlafzimmer. Sonst kannst Du mich morgen wieder zur Frau Käfig zurückbringen." „Du bist ein Erpresser!" sagte Herr Hund. „Na ut, aber ins Bett kommst Du nicht. Sind

16

wir uns da einig. Du schläfst auf der Erde." „Deal, Alter! Auf dem weißen Flokati. Der scheint mir immerhin bequemer zu sein, als meine Schlafunterlage im Tierheim. Deal?" „Deal, Du Töle!" „Deal, Fritzchen," sagte der Hund, und sie verbrachten friedlich die erste gemeinsame Nacht. Fritz Hund war stolzer Besitzer eines eigenen Hundes. Und wer hat schon einen Hund, der auch noch sprechen kann!?

„Guten Morgen, mein Hund! Na, hast Du gut geschlafen in Deinem neuen Domizil?" „Ausgezeichnet! Auf dem Flokati schläft man weich wie auf der Nati." Fritz Hund lacht. „Wer ist die Nati?" „Nati ist eine Tierpflegerin. Sie heißt Renate, ist sehr nett und oft mit mir Gassi gegangen. Unterwegs hat sie sich mit ihrem Freund getroffen." „Aha! Das ist also Nati. Ich werde dann mal aufstehen und mich um Frühstück kümmern. Was kriegt eigentlich ein Hund zum Frühstück?" „Eigentlich gar nichts, aber bei einem Leckerli höre ich mich nicht nein sagen. Frisches Wasser brauche ich aber. Die Hauptmahlzeit gibt es nur am Nachmittag, immer ein gutes Fleischgericht!" „Jeden Tag Fleisch?" „Du sagst es, Alter. Unsere Vorfahren waren Wölfe. Wir sind Fleischfresser. Ab und zu kannst Du ein Hundeleckerli rüberwachsen lassen." „Die wollen wir ja heute kaufen." „Und da Du noch nie einen Hund hattest, sage ich es Dir: Gib einem Hund nie Schokolade. Damit kannst Du ihn umbringen." „Das ist schon praktisch, dass Du mir das alles sagen kannst." „Ich habe es Dir ja schon im Tierheim gesagt, ich bin eine gute Wahl!" „Ja, das bist Du! – Wo tu ich Dir denn gleich das Wasser rein?" „Dafür kaufst Du mir einen schicken Napf aus Edelstahl, linke Schale für das Wasser, rechte Schale für das Futter." „So machen wir das. Für heute Morgen muss eine Schüssel reichen." „Jawohl, Herr Rechtsanwalt, den Vergleich können wir schließen." „Dann komm, ich setze mir einen Kaffee auf und kümmere mich um Frühstück." „Und mir mach mal hinten die Türe auf, ich muss mal eben draußen die Blumen gießen." „Du musst pinkeln?" „So ist es, auch Hunde müssen pinkeln." „Du läufst aber nicht weg?" „Quatsch! Warum sollte ich weglaufen? Blumen gießen, und dann komm ich wieder rein. Gibt es eigentlich in Deinem Leben auch eine Frau, oder bist Du schwul?" „Wie kommst Du denn jetzt darauf?" „Das sieht hier sehr nach Männerhaushalt aus." „Im Moment gibt es nur die Annett." „Und das ist Deine Saftpresse?" „Meine

Saftpresse? Was ist das denn für ein Ausdruck?" „Das ist Jugendsprache. Hat mir Bello im Tierheim erzählt. Der wusste sowas immer. Bello ist ein ganz schlimmer Hund. Er hat immer versucht, mir die Nelly auszuspannen. Sie ist inzwischen auch schon vermittelt, wohnt gar nicht weit weg von hier. Ich habe sie nochmal getroffen, als ich mit der Nati Gassi war. Aha, und Deine Saftpresse heißt also Annett."
„Annett ist keine Saftpresse, Annett ist für mich im Homeoffice." „Wo ist sie? Im Heim ist sie?" „Sie ist nicht im Heim, und sie ist auch nicht meine Freundin, sie ist meine Angestellte und arbeitet für mich bei sich zu Hause. Das nennt man Homeoffice."
„Das ist ja praktisch. Dann kann sie im Schlafanzug und in Pantoffeln zur Arbeit gehen." „Ja, wenn man sich vertraut, ist Homeoffice wirklich eine praktische Sache. Ich brauche keine zusätzlichen Büroräume, keine zusätzlichen sanitären Anlagen, und sie ist in ihrer gewohnten Umgebung, kann es sich so gemütlich einrichten,

wie sie möchte und erledigt dabei ihre Arbeit." „Ist sie nett?" „Ja!" „Ist sie jung?" „Ja!" „Werde ich sie kennenlernen?" „Ja, natürlich wirst Du sie kennenlernen. Ab und zu kommt sie vorbei."

„So, mein Hund, hier ist der Supermarkt. Du setzt Dich hier neben die Tür und wartest, bis ich wieder da bin. Ist das in Ordnung?" „Jawohl, Alter, das ist in Ordnung." „Es dauert einen Moment. Ich hole Deine Hundeleckerlis und brauche auch noch ein paar Kleinigkeiten für mich." „Lass Dir Zeit. Ich warte hier." Herr Hund hatte gerade das Regal mit den Hundeleckerlis gefunden und zwei Pakete in den Einkaufswagen getan, da kam eine Durchsage: „Der Kunde oder die Kundin, dem der Hund vor der Tür gehört, wird dringend zur Kasse 1 gebeten." „Um Gottes Willen, Fritzchen, was ist denn jetzt passiert?" Herr Hund eilte zur Kasse 1. Da erwartete ihn der Geschäftsführer des Supermarktes. „Guten Tag, mein Name ist Hund", sagte Herr Hund, „ich soll mich an Kasse 1 melden." „Herr Rechtsanwalt, entschuldigen Sie. Ich kenne Ihren Namen. Das ist ein Missverständnis. Wir suchen nicht Herrn Hund, sondern eine Kundin oder einen Kunden, dem ein Hund gehört, der sich draußen vor der Tür aufhält." „Das ist Fritzchen, das ist mein Hund!" „Ach!!! – Ich wusste gar nicht, dass Sie einen Hund haben, Herr Hund." „Den habe ich auch erst seit gestern. Und was ist mit ihm? Hat er was angestellt? Hat er vor die Tür gemacht. So genau kenne ich seine Unarten noch nicht." „Er hat eine Kundin angebellt, bedroht, vor sich hergetrieben bis in den Laden. Die Dame war total aufgelöst vor Angst. Das geht so nicht!" „Ich werde es ihm sagen und es mir von ihm erklären lassen." „Von dem Hund???" sagte der Geschäftsführer, „von dem Hund werden Sie es sich erklären lassen?" „Ja, natürlich, man muss ja beide Seiten gehört haben." „Herr Hund," stammelte der Geschäftsführer, „Sie sind doch Rechtsanwalt, und Sie lassen sich von einem Hund erklären, was da mit der Dame vorgefallen ist???" „Ja, was glauben Sie, was mir Fritzchen erzählt, wenn ich ihm Vorwürfe mache, ohne überhaupt seine Version des Vorfalles zu kennen!?" Der Geschäftsführer schüttelte den Kopf und sagte: „Binden Sie ihn bitte beim nächsten Mal mit einer Hundeleine draußen an!" „Das ist eine Idee! Führen Sie Hundeleinen und Halsbänder?" „Nein, das kriegen Sie im Tiermarkt."

Fritz Hund bezahlte die Leckerlis und verließ den Supermarkt. Sein Hund saß ganz brav neben der Tür und wedelte mit dem Schwanz, als er ihn kommen sah. „Was war denn hier los? Was hast Du gemacht?" „Iiiich?" sagte der Hund, „nichts habe ich gemacht, auf Dich gewartet, Alter." „Der Geschäftsführer hat sich furchtbar über Dich beklagt. Eine Kundin hat sich bei ihm beschwert, der Hund vor der Tür hätte sie bedroht, angebellt und bis in den Laden verfolgt." „Ach die alte Schnecke. Bedroht! Ich habe sie doch nicht bedroht! Die hat mich hier angemacht. Was ich für ein Straßenköter wäre, und Hunde gehören an die Leine, wer denn seinen Hund so frei rumlaufen lassen würde. Da habe ich sie nicht bedroht, sondern nur mal ihre Sportlichkeit getestet." „Sportlichkeit getestet nennst Du das?" „Ja. Sie ist geflitzt wie ein Wiesel. – Gibt es nicht auch so einen Spruch: Im Zweifel immer für den Angeklagten?" „Ja, in dubio pro reo! Du hättest mal das dumme Gesicht von dem Geschäftsführer sehen sollen, als ich ihm gesagt habe, ich höre mir erst mal die Version von dem Hund an." „Du wirst mir sympathisch!" – „Aber Du brauchst wirklich eine Leine und ein Halsband." „Muss das sein?" „Ja, das muss sein! Hier in der Nähe ist ein Tiermarkt, da fahren wir jetzt hin. Wir brauchen ja für Dich auch noch ein paar Dosen mit Futter. Und einen schönen Napf suchen wir Dir da auch aus. Und beim nächsten Mal jagst Du bitte keine alten Damen." „Alte Damen? Du hättest mal sehen sollen, wie die flitzen kann!"

„Die Nachbarin hat sich über Dich beschwert. Du hättest ihr an ihr neues Fahrrad gepinkelt." „Willst Du jetzt die Schuldfrage klären, Herr Anwalt?" antwortete der Hund, „die Alte hat mich Scheißköter genannt und mit einem Besen bedroht." „Bevor Du an ihr Fahrrad gepinkelt hast oder danach?" „Wir müssen jetzt nicht den Tatablauf rekonstruieren," sagte der Hund, „wenn sie noch einmal Scheißköter zu mir sagt, lege ich ihr einen saftigen Haufen vor die Haustür, dass ihr Sehen und Riechen vergeht." „Das heißt Hören und Sehen." „Hören kann sie ihn nicht. Sie kann ihn nur riechen und sehen. Und wenn sie ihn nicht sehen sollte, dann kann sie auch noch reintreten. Und jetzt lass mal ein Leckerli rüberwachsen, Alter!" Heinz war ohne Voranmeldung gekommen. „Hallo, Fritz!" „Hallo, Fremder!" sagte der Hund, und Herr Hund sagte: „Hallo, Heinz!" „Ich komme Euch mal kurz besuchen, bin doch neugierig auf Deinen neuen vierbeinigen Freund." „Er spricht von mir," sagte der Hund. „Komm, setz Dich!" sagte Herr Hund. „Glückwunsch! Das ist ja ein prächtiger Bursche!" „Können wir das schriftlich haben?" sagte der Hund. „Das brauchen wir nicht schriftlich," sagte Herr Hund. „Was meinst Du?" sagte Heinz, „was brauchst Du nicht schriftlich? Wie heißt er denn?" „Äh. Der Hund?" „Ja, wie heißt der Hund?" „Fritzchen," sagte Herr Hund. „Ich schiff ihm ans Bein!!! Wer heißt hier Fritzchen???" „Ich heiße Fritzchen!" sagte Herr Hund. Heinz lachte. „Was ist los? Du heißt Fritzchen? Ich wollte wissen, wie der Hund heißt." „Der Hund," sagte Herr Hund, „ja, der Hund. – der Hund heißt Fritz." „Fritz? Das ist ja lustig. Gute Idee! Fritz Hund und Hund Fritz. Das ist genial!" „Na bitte!" sagte der Hund, „der Mann gefällt mir, der ist flexibel!" „Wirklich, ein toller Bursche," fuhr Heinz fort. „Darf ich Dir was zu Trinken anbieten?" fragte Herr Hund. „Nein, nein, ich bin auf dem Sprung, wollte nur mal Deinen Hund sehen. Man sieht sich!" „Man sieht sich!" sagte der Hund, „Heinz ist die absolute Eins, dann kam ich vorbei, und bald ist er die Nummer Zwei." „Mach's gut, Heinz, freut mich, dass er Dir gefällt." „Und das war Dein bester Freund?" fragte der Hund. Herr Hund nickte, „ja, das ist Heinz. Er ist seit der Schulzeit mein bester Freund." „Was macht er beruflich?" „Heinz ist Textdichter." „Textdichter? Zu mehr hat es nicht gereicht? Du bist auch Textdichter, wenn Du Deinen Klienten die Rechnung schreibst," sagte der Hund. „Heinz hat Medizin studiert. Und dann gewann er mit einem Text einen Musikwettbewerb. Da hat er sich entschlossen, das zu seinem Beruf zu machen und auf die Doktorarbeit zu verzichten." „Das ist ja ein Karrieresprung!" sagte der Hund, „vom Stethoskop zum Schlagertext. – Komm, Alter, lass ein Leckerli rüberwachsen." „Bist Du sicher, dass Hunde so oft ein Leckerli kriegen?" „Absolut!!!"

An diesem Tag kam Annett in die Kanzlei. „Hallo, Chef!" „Hallo, Annett!" „Hallo, Annett," sagte auch der Hund." „Das ist also Dein Hund?" sagte Annett, „och, ist der süß! Ist der süß!!!" „Das gebe ich im Originaltext zurück," sagte der Hund, „das ist ja eine süße Annett. – Die schöne Annett möchte gerne mal beim Chef ins Bett!" „Du spinnst ja!" sagte Herr Hund. „Was hast Du gesagt, Chef? Wer spinnt?" „Fritzchen spinnt!" „Ich schiff ihr ans Bein!!! Wer ist hier das Fritzchen???" „Ich bin das Fritzchen," sagte Herr Hund. „Was bist Du, Chef? Was redest Du so seltsam?" „Der Hund regt mich auf!" „Der Hund regt Dich auf? Guck doch mal, wie brav er da liegt und wie treu er uns anguckt." „Seine Augen lügen!" sagte Herr Hund. „Er ist eine ganz hinterhältige Töle!" „Na, na," sagte der Hund, „so spricht man doch nicht über seinen besten Freund." „Zweitbester," sagte Herr Hund. „Darf man ihn anfassen, Chef?" fragte Annett. „Kommt darauf an, wo," sagte der Hund. „Natürlich darfst Du ihn anfassen." Annett streichelte den Hund und kraulte ihm hinter den Ohren. „Das ist aber auch ein süßer Hund!" „Weißt Du was, Alter? Sie krault mir den Bauch und denkt dabei an Dich." „Du spinnst!" „Wer spinnt denn jetzt schon wieder?" fragte Annett. „Sie liebt Dich," sagte der Hund, „das habe ich gleich gesehen, wie sie Dich anhimmelt."

„Chef, Du kriegst gleich noch Besuch von einem Klienten." „Worum geht's?" „Sicher ein seltener Fall. Sie haben einem Berufsboxer Berufsverbot erteilt, und er will dagegen klagen." „Berufsverbot? Weiß man, was er angestellt hat?" „Er soll sich privat geprügelt und einen Passanten zusammengeschlagen haben." „Au, au!!!" „Ja, au, au hatte der Passant danach wohl auch." „Ich kannte auch mal einen Boxer," sagte der Hund." „Ich werde ihn mir mal anhören," sagte Herr Hund, „so einen Fall hatte ich noch nicht." „Der hat mir mal in die Pfote gebissen." „Darüber gibt es eine Rechtsprechung, die sie als Berufsboxer zur besonderen

Zurückhaltung verpflichtet." „Der Boxer, den ich kannte, kannte überhaupt keine Zurückhaltung," sagte der Hund. „Danke, Annett, ich werde mir erst mal seine Version anhören." „Und gesabbert hat er auch!" sagte der Hund. „Chef, irgendwie wirken Sie heute so abwesend." „Die Töle macht mich wahnsinnig!!!" „Und ich glaube, der hatte auch Flöhe und Würmer, so wie er sich immer kratzte." „Die macht mich wahnsinnig, die Töle!!!" „Er liegt doch da ganz brav." „Annett, Annett, was willst Du beim Fritzchen im Bett?" „Chef, ich werde dann mal wieder gehen." „Ja, Annett, danke! – Hund, ich bring Dich um!!!"

„Alter, wo ist Dein Problem? Komm, lass ein Leckerli rüberwachsen." „Ich kann Dir gerne mal den Locher ins Kreuz schmeißen!" „Oh! Was ist los?" „Du weißt genau, dass ich Dir nicht antworten kann, wenn jemand dabei ist. Die halten mich ja so schon langsam für verrückt." „Mit einer gewissen Berechtigung," sagte der Hund. „Und Du redest ständig dazwischen und gibst Deine Kommentare ab. Der Boxer hat Flöhe und Würmer, der Boxer hat gesabbert." „Hat er auch!" „Aber wenn ich mich unterhalte, hast Du Deine Hundeschnauze zu halten!" „Meine Hundeschnauze? Was ist das für ein Ton und für ein Vokabular? Sprehe ich von Deiner Menschenschnauze? Nein, das tue ich nicht. Weil sich sowas nicht gehört unter Freunden." „Ich habe Dir gesagt, wenn jemand da ist, dann hast Du Pause." „Gruß vom alten Alz!" „Bitte?" „Vom alten Alzheimer! Du hast gesagt, wenn ein Klient da ist, habe ich Pause. Und Du hast gesagt, Annett ist nicht Deine Saftpresse. Aber Deine Klientin ist sie auch nicht! Habe ich Dir schon gesagt, dass die Annett Dich liebt?" „Hab ich Dir schon gesagt, dass Du spinnst?" „Ja, das hast Du gesagt, zweimal. Aber das sieht ein Blindenhund, dass sie Dich liebt. Und da würde ich an Deiner Stelle auch nicht warten, bis ein anderer Rüde kommt und sie Dir vor der Nase wegschnappt. Das kann Dir nämlich sehr schnell passieren. So schön bist Du nicht, dass sie deinetwegen freiwillig zur alten Jungfrau wird." „Ich hätte manchmal wirklich Lust, Dich umzubringen." „Alter, lass ein Leckerli rüberwachsen!"

Fritz Hund musste an diesem Tag zur Beerdigung. Seine Tante Hilde war im Alter von 99 Jahren gestorben. Jetzt hatten doch alle gedacht, die gute Tante Hilde macht auch die 100 voll. Aber sie hat wieder mal Recht behalten: „Ich bin mit Null gekommen und gehe zweistellig," hatte sie bis zuletzt gesagt. Tante Hilde war eine nette Tante, eine sehr gute Tante, eine stets fröhliche Tante. Fritz Hund mochte sie, und sie mochte ihn. Sie liebten es beide nicht, über das Alter und über Krankheiten zu sprechen. Sie waren lustig, wenn sie sich trafen. „Es gibt doch so viele schöne Dinge im Leben und so viele schöne Themen," hatte Tante Hilde immer gesagt, „warum soll ich einem was vorjammern?" Und dann fügte sie meistens schnell auch noch an: „Und mir sollen sie bitte auch nichts vorjammern. Wenn sie über ihre Krankheiten reden wollen, sollen sie damit zum Arzt gehen, der ist dafür zuständig." So ähnlich hatte es Fritz auch seinem Hund erzählt, der gerne wissen wollte, was denn das für eine

Tante Hilde war, zu deren Beerdigung der Herr Fritz gehen wollte. Und Hund Fritz bettelte solange, bis Herr Fritz einwilligte, dass der Hund mit zur Beisetzung darf. Da standen sie also nun am Grab von Tante Hilde und sahen, wie der Sarg in die Erde hinabgelassen wurde. Der Hund sagte: „Tante Hilde liegt im Grab, nun gab sie den Löffel ab, jeder muss mal sterben, auf den Löffel freuen sich die Erben." Herr Hund lachte. Die Dame neben ihm stieß ihm den Ellenbogen in die Rippen und sagte ganz empört: „Das ist ja nun wirklich kein Moment zum Lachen." „Nicht zum Lachen sprach der Drachen", sagte der Hund. Da konnte Herr Hund nicht an sich halte und lachte laut los. Er wusste ja, dass Tante Hilde mitgelacht hätte, wenn sie es noch könnte. Die Frau neben Herrn Hund beließ es nun aber nicht bei wenigen Worten, sondern beschimpfte ihn, wie man sich nur an so einem Ort so benehmen könne. „Sie haben ja recht," sagte Herr Hund, „ich bitte auch um Entschuldigung, aber Sie können ja nicht wissen…" und der Hund sagte: „Was will dieser aufgetakelte Pfau, Tante Hilde war doch eine fröhliche Frau!" Da betete die Trauergemeinschaft schon das Vaterunser. Und Herr Hund sagte zu seinem Hund: „Komm, lass uns gehen! Ich glaube, Tante Hilde ist in guten Händen." „Einen Hund schleppt er auch noch mit auf den Friedhof," hörten sie hinter sich noch sagen.

Einmal im Monat haben sie ihren Doppelkopfabend, der Fritz Hund, sein Freund Heinz und dessen Frau Susan und die Annett. Der Hund hatte an diesem Tag eine besonders große Fleischmahlzeit bekommen und auch schon einige Hundeleckerlis obendrein. „Bitte, verdirb mir nicht den Abend!" hatte Herr Hund vorher zu ihm gesagt. Und der Hund wollte zunächst einmal das Spiel Doppelkopf erklärt bekommen. „Es sind vier Mitspieler," sagte Herr Hund, „wenn nicht einer von ihnen so gute Karten hat, dass er alleine gegen die anderen drei spielen möchte, was man Solo oder auch Grand nennt, dann spielen immer zwei zusammen. Das ändert sich aber von Spiel zu Spiel; denn es spielen immer die zusammen, die die Kreuzdamen haben. Natürlich verrät man das vorher nicht, wer sie hat." „Ist ja blöde," sagte der Hund, „ich spiele mit einem zusammen und weiß nicht, mit wem?" „Ja," sagte Herr Hund, „das macht den zusätzlichen Reiz des Spiels aus. Man sucht erst mal nach seinem

Partner. Wenn man die Spielweise der anderen ein bisschen kennt, kann man daraus, wer welche Karten ausspielt, schon Rückschlüsse ziehen, wer die Kreuzdame haben könnte und wer nicht." „Man kann sich auch irren!" „Man kann sich auch irren!" bestätigte Herr Hund. „Und wer am Schluss die meisten Augen hat, der hat das Spiel gewonnen." „Blödsinn! Jeder hat nur zwei Augen." „Töle! Mit Augen bezeichnet man den Wert der einzelnen Karten. Zehn, Bube, Dame, König zählen zehn." „Okay, Alter, ich will ja nicht mitspielen, lass ein Leckerli rüberwachsen."
„Heinz und Annett kennst Du ja schon, nun musst Du nur noch Susan kennenlernen. Wundere Dich nicht, wenn sie Dich nicht begrüßt. Susan behauptet, sie hätte eine Haarallergie. Heinz sagt, das stimmt gar nicht. Aber sie geht Hund und Katze aus dem Weg." „Okay, ich werde es verschmerzen."
Als erste kam Annett. „Na, Du süßer Hund, wie geht es Dir?" „Sie meint Dich," sagte der Hund. Annett

streichelte den Hund. „Ich könnte ihn so mitnehmen, so süß ist er!" sagte sie. „Du bist aber auch ganz schön süß," sagte der Hund, „aber dieser Rüde da drüben scheint eine Hormonstörung zu haben." Dann kamen Heinz und Susan. Susan hatte eine weit, eine viel zu weit ausgeschnittene Bluse an. „Susan verliert gleich den Busen," sagte der Hund. „So, der Hund hat heute mal Pause!!!" sagte Herr Hund und begrüßte Heinz und Susan. „Hallo, Hund," sagte Heinz." „Ich habe eine Hundeallergie," sagte Susan. „Danach hat jetzt keiner gefragt," sagte der Hund, „ich glaube, ich habe seit heute auch eine Busenallergie, wenn ich mir vorstelle, die ganze Ladung könnte mir auf den Kopf fallen. Gut gesichert scheinen die Sachen da ja nicht zu sein. Nicht, dass ich heute noch einen Anwalt brauche." „Der Hund hat Pause," sagte Herr Hund noch einmal in der Hoffnung, dass der Hund nun mit seinen Bemerkungen aufhört. „Ja, ja!!!" sagte der Hund.

Das Spiel verlief ruhig und friedlich. Ab und zu wurde gelacht. Meistens lachten nur zwei, das waren die, die das Spiel gewonnen hatten. Heinz schien besonders gute Karten gehabt zu haben. „Hier noch die zweite Spitze, die zweite Kreuzdame, die Pikdame, noch eine Pikdame, die Herzdame und die Kreuzzehn." „Er spielt einen Stillen?" sagte Susan. „Merkst du das auch schon?" sagte Fritz. „Moment!" sagte Susan, „der letzte Stich gehört mir. Ich habe noch den Fuchs." Heinz lachte: „Du hast doch schon dreimal kein Trumpf bedient. Woher nimmst Du jetzt den Fuchs? Damit hättest Du ja längst bedienen müssen." „Dann hätte ich jetzt das Kreuzass noch, das geht auch über Kreuzzehn." „Nee, nee, nee!" sagte der Heinz, „wie willst Du beweisen, dass Du das Kreuzass nicht auch weggeschmissen hättest, dann hättest Du jetzt Pik oder Herz in der Hand. Der Stich gehört mir." „Was sagt Ihr denn?" fragte Susan. Herr Hund sagte: „Heinz hat recht, Du hättest Trumpf bedienen müssen.

Der Stich gehört ihm." „Frauen sollten zusammenhalten," sagte Annett, „aber ich glaube auch, dass der Heinz recht hat." „Blöder Fuchs!!!" schimpfte Susan. „Man spricht vom schlauen Fuchs," sagte der Hund, „ein Fuchs ist nie blöde! Und überhaupt, wie redet Ihr von meinen entfernten Verwandten?" „Das Karo Ass nennt man Fuchs," sagte Herr Hund. „Das weiß ich selbst!" sagte Susan. „Warum gerade Fuchs?" sagte der Hund, „dann kannst Du es auch Schwein nennen." „Schweinchen gibt es auch beim Doppelkopf," sagte Herr Hund. „Dann nenne es Ente!!! Aber nicht wie einen Verwandten von mir! Und schon gar nicht einen blöden!!!" „Mein lieber Hund," sagte Herr Hund, „was hältst Du denn davon, wenn Du mal gucken gehst, ob die Nelly noch draußen ist?" „Hm! Alter, die Idee ist gar nicht so schlecht. Mach mir mal hinten die Tür auf……"

Der Anwalt war froh, dass damit endlich die Bemerkungen von dem Hund aufhörten, die außer ihm ja niemand hörte.

„Tag, Herr Anwalt," sagte der Boxer, „ich habe einen Termin, hab mit Ihrer Tussi telefoniert." „Der spricht von unserer Annett," sagte der Hund, „soll ich mal die Reißfestigkeit seiner Hose testen?" „Mit meiner Sekretärin haben Sie gesprochen," sagte Herr Hund, „Sie sind der Boxer?" „Logisch," sagte der Boxer. „Sie müssen mir zu meinem Recht verhelfen. Sowas können Sie doch, oder?" „Was ist denn passiert?" fragte Fritz Hund. „Die Schweine haben mir Berufsverbot erteilt," sagte der Boxer. „Und warum?" „Weil mein Hugo in der Werkstatt war." „Wer ist Ihr Hugo?" fragte Herr Hund. „Na, der Hugo eben! Hugo ist mein Porsche." „Und Ihr Porsche war in der Werkstatt. Und was hat das mit dem Berufsverbot zu tun?" „Deswegen brauchte ich doch das Taxi," sagte der Boxer. „Dafür kriegt man aber doch kein Berufsverbot." „Sehen Sie, Herr Anwalt, Sie verstehen mich. Das habe ich auch gesagt. Aber die Schweine wollen das nicht verstehen. Darum brauche ich Sie ja!" „Sie müssen mir das schon von Anfang an erzählen, was genau passiert ist," sagte Herr Hund. „Alles?" „Ja, alles. Erzählen Sie mal von Anfang an, was genau vorgefallen ist und wie es dazu kam, dass Ihnen ein Berufsverbot erteilt worden ist." „Also, der Hugo war in der Werkstatt. Ich musste aber in die Sporthalle zum Training. Also nahm ich ein Taxi. Da kam auch ein Taxi angefahren. Und bevor ich einsteigen konnte, stieg dieser andere Typ vorne ein. Ich habe den Typ dann an beide Ohren gepackt und wieder von dem Beifahrersitz runtergeholt und auf den Bürgersteig gestellt. Wär ja alles gut gewesen, wenn er da stehen geblieben wäre. Dann wäre ich eingestiegen und zur Sporthalle gefahren. Das hab ich dem Taxifahrer auch gesagt." „Und dann?" „Dann kam der Typ wieder auf das Auto zu und wollte sich wieder in das Taxi setzen. Er hätte das Taxi bestellt, sagte er. Ich habe das ja im Guten versucht und ihm gesagt, dass ich zur Sporthalle muss und das Taxi brauche. Stellen Sie sich vor, Herr Anwalt, das interessierte den überhaupt nicht. Er hätte das Taxi bestellt und er steigt da auch wieder ein, sagte er. Da habe ich ihm eins auf die Zwölf gegeben." „Sie haben zugeschlagen???" sagte Herr Hund. „Ja, was sollte ich denn machen? Der ließ sich ja nix sagen. Und dann taumelte er kurz und dann lag er da wie ein Maikäfer auf dem Rücken." „So sind die Boxer," sagte der Hund, „so war der im Tierheim auch. Sie meinen, weil sie stärker sind, sie können machen was sie wollen." „Aber Sie wissen schon, dass Sie nicht zuschlagen durften?" sagte Herr Hund. „Wenn er doch nicht einsichtig ist!" „Und was passierte dann?" „Dann lag der Typ da auf dem Bürgersteig." „Wie ein Maikäfer?" „Ja, auf dem Rücken wie ein Maikäfer!" „Und dann?" „Dann wollte ich in das Taxi einsteigen und sagte zu dem Taxifahrer: Zur Sporthalle bitte. Und was macht der Idiot? Er sagt: Der Herr hat das Taxi bestellt. Ich sag, der Herr liegt da gut, Sie fahren mich jetzt zur Sporthalle. Nee, macht er nicht, der

Herr hätte das Taxi bestellt, und den könnten wir da jetzt nicht einfach auf dem Bürgersteig liegen lassen. Ich sag: Sie Idiot, ich muss zum Training. Fahren Sie mich jetzt zur Sporthalle! Das kann er nicht machen, sagte der Idiot und laberte noch was von erster Hilfeleistung, weil der Typ da immer noch k.o. war. Da habe ich dem Taxifahrer auch eins auf die Zwölf gegeben, hab das Taxi genommen und bin damit zur Sporthalle gefahren. Das war ja Notwehr, Herr Anwalt. Ja, und als ich an der Sporthalle ankam, stand da schon die Polizei und hat mich festgenommen." „Ja, ja, so sind Boxer," sagte der Hund, „brutal, rücksichtslos und uneinsichtig." Der Herr Hund pustete seine Wangen auf und sagte: „Tut mir leid, ich kann Sie nicht verteidigen." „Was soll das denn heißen?" sagte der Boxer, „Sie müssen mich verteidigen. Die Schweine haben mir Berufsverbot erteilt." „Nein," sagte Herr Hund, „ich kann Sie nicht verteidigen. Sie haben keine Chance zu gewinnen. Als Berufsboxer müssen Sie wissen, dass Sie andere nicht einfach k.o. schlagen dürfen, um Ihren Willen durchzusetzen. Und Sie sind ja, was das Taxi anbelangt, auch ganz eindeutig im Unrecht." Der Boxer griff den Herrn Hund mit beiden Händen an die Jacke und schüttelte ihn. „Sie müssen mich vertreten, Herr Anwalt!" sagte er. „Soll ich ihm den Ausgang zeigen?" fragte der Hund. „Nehmen Sie bitte die Finger weg!" sagte Herr Hund zu dem Boxer. „Sie müssen mich vertreten," sagte der Boxer noch einmal, „ich brauche einen Anwalt, damit ich wieder boxen kann," und schüttelte den Herrn Hund noch fester. Dann schrie der Boxer auf. Der Hund hatte ihn in die Wade gebissen. Da ließ der Boxer den Herrn Hund los. „Halten Sie den Köter zurück!!!" schrie der Boxer. Der Hund biss noch einmal zu, der Boxer schrie, „ich zeige ihm den Weg zur Straße," sagte der Hund, und der Boxer verließ schreiend die Kanzlei. „Das hat ein Nachspiel, Herr Anwalt." „Das würde ich mir an Ihrer Stelle noch einmal sehr überlegen," sagte der Anwalt.

Annett saß auf dem Sofa in der Kanzlei. Der Hund lag genüsslich neben ihr und ließ sich streicheln. „Mädchen, wenn Du ihn liebst, musst Du das in die Hand nehmen," sagte der Hund, „er ist zu dösig!" Aber sie verstand ihn ja nicht. Und als Fritz Hund hereinkam, sagte der Hund zu ihm: „Heute ist sie bereit, sich küssen zu lassen. Ein Hund riecht so etwas." „Runter vom Sofa!!!" sagte Herr Hund zu dem Hund. „Er liegt doch hier ganz brav," sagte Annett. „Auf Möbeln hat er nichts zu suchen," sagte Herr Hund, „das weiß die Töle auch ganz genau." „Fritzchen ist eifersüchtig," sagte der Hund. „Dir muss man es ja vormachen, Alter. Du bist alleine ja zu dösig dazu." „Runter!!!" sagte Herr Hund noch einmal, und der Hund gehorchte und sprang vom Sofa. Er hatte gerade gesagt: „Setz Du Dich hierher," da saß Herr Hund auch schon auf dem Sofa. Er ließ aber einen halben Meter Abstand zwischen sich und Annett. „Geh mal etwas auf Tuchfühlung!" sagte der

Hund, „sie ist bereit, ich rieche es. Ich rieche das auch bei der Nelly." „Das kannst Du doch gar nicht vergleichen!" sagte Herr Hund. „Was kann ich nicht vergleichen?" fragte Annett. „Ach, ich war in Gedanken," sagte Herr Hund, „ich meinte die Töle." „Die Töle wüsste jetzt, was sie zu tun hätte," sagte der Hund, „rück mal näher ran!" Fritz Hund rückte näher an Annett heran. „Chef!" flüsterte sie, als er ihr den Arm um die Schulter legte. „Sag ich doch, sie ist bereit!" sagte der Hund. „Annett, Du siehst wieder gut aus heute," sagte Herr Hund. „Danke, Chef!" „Was ich Dich immer schon fragen wollte…" „Ja, Chef?" „Hast Du eigentlich einen festen Freund?" „Fritzchen Hund, Du bist aber auch dermaßen doof," sagte der Hund, „so etwas fragt man doch nicht in dieser Stimmung." „Nein," sagte Annett. „Mensch, Alter, frag sie, ob Du sie küssen darfst!!!" „Darf ich Dich küssen, Annett?" Sie gab keine Antwort, schlang stattdessen ihre Arme um ihn und küsste ihn. Dann

stand sie auf, streckte ihm die rechte
Hand entgegen und sagte: „Komm!!!"
„Annett, Annett, jetzt geht's zum
Chef ins Bett," sagte der Hund. „Ich
bring die Töle um!!!" sagte Herr
Hund. „Er liegt doch da ganz brav,"
sagte Annett. „Er ist eine ganz
hinterhältige Töle," sagte Herr Hund,
„ich bring ihn um!!!" „Bums fallera…"
rief der Hund noch hinter ihnen her,
als sie das Zimmer verließen.

„Lass mal ein Leckerli
rüberwachsen," sagte der Hund.
„Willst Du mir nicht etwas über Deine
Vergangenheit erzählen?" fragte
Herr Hund. „Ich weiß gar nichts
darüber." „Das ehrt mich, Alter, dass
Du Dich für meine Vergangenheit
interessierst. Natürlich erzähle ich
Dir gerne davon. Wo soll ich
anfangen?" „Vorne," sagte Herr
Hund. „Also am Anfang," sagte der
Hund. „Meine Mutter war eine ganz
feine stolze Hündin. „Ich hatte noch
einen Zwillingsbruder, der hieß Fratz.
Fritz und Fratz waren wir." „Fritz und
Fratz, das ist lustig," sagte Herr
Hund. „Was aus Fratz geworden ist,
weiß ich nicht. Das Frauchen meiner
Mutter hat ihn vor mir verkauft.
Vorher haben wir viel zusammen
gespielt. Das Frauchen meiner
Mutter hatte einen großen Garten, da
konnten wir uns so richtig austoben.
Manchmal kämpften wir auch
miteinander, aber nur zum Spaß.
Fratz war ein guter Bruder! Unseren
Vater haben wir nicht gekannt.
Mutter hat uns immer erzählt, er
wäre ihre Jugendliebe gewesen, Und

als sie schon mit uns schwanger
war, wäre er vom Blitz getroffen
worden, als er nur mal eben
Nachbars Kater aus dem Garten
jagen wollte. Fratz und ich haben ihr
das aber nie so ganz geglaubt. Ich
glaube immer noch, dass wir das
Ergebnis von einem One night stand
sind. Man kennt ja diese Kerle, die
sich dann aus dem Staub machen,
wenn es Ernst wird. Mich hat ein
Ehepaar aus Gelsenkirchen gekauft.
Anfangs habe ich viel geheult, weil
mir die alte Umgebung fehlte und der
Wald, in dem ich so manchem
Hasen das Hakenschlagen
beigebracht habe. – Lass mal noch
ein Leckerli rüberwachsen!" „Dann
schnapp auf!" sagte Herr Hund und
warf dem Hund ein Leckerli zu. Der
Hund sprang hoch, schnappe das
Hundeleckerli auf und sagte: „Danke,
Alter." „Und wie ist es Dir in
Gelsenkirchen dann ergangen? Wie
waren Deine Herrschaften? Was
haben sie gemacht? Konntest Du
Dich mit ihnen auch unterhalten?"
„Sie hatten in der Industriestraße
eine Seltersbude, da verkauften sie

Süßigkeiten, Zeitschriften, Getränke und noch viele andere Sachen. Frauchen und Herrchen wechselten sich da ab. Wenn er in der Seltersbude Dienst hatte, nahm er mich oft mit. Ja, er hat mich anfangs verstanden, mit ihm konnte ich mich unterhalten. Er war ja eigentlich mein erster Alpharüde." „Anfangs?" fragte Herr Hund. „Ja! Das ist eine traurige Geschichte. Frauchen wurde sehr krank und nicht wieder gesund." „Das tut mir leid, mein Hund! Und er?" „Man sagte, er wäre dement geworden. Aber ich glaube, er konnte ihren Tod nicht verwinden und ist darum verrückt geworden. Von da an verstand er mich nicht mehr, und wir konnten uns nicht mehr unterhalten. Er wusste später auch gar nicht mehr, dass ich zu ihm gehörte und fragte: Was macht der Hund hier?" „Das ist ja furchtbar," sagte Herr Hund. „Ja, das war furchtbar. Wir landeten beide im Heim, Herrchen im Pflegeheim und ich im Tierheim. Und wie es mir da erging, das hat Dir ja Frau Käfig erzählt. Ich war der schwer vermittelbare Hund." „Bis ich gekommen bin." „Ja, bis Du gekommen bist. Ein neues Herrchen, das mich wieder hört und versteht." „Das ist ja eine bewegende Vergangenheit, die Du mir in der kurzen Zeit mit wenigen Worten erzählt hast. Ich habe jetzt viel mehr Achtung vor Dir, mein Hund."

„Wir sollten noch einmal über Deinen Namen reden," sagte Herr Hund. „Das erinnert mich ans deutsche Fernsehen," sagte der Hund, „da gibt es auch so viele Wiederholungen, die einem aus dem Hals hängen." „Wir haben aber hier noch Klärungsbedarf." „Den sehe ich nicht, ich heiße Fritz. Was ist daran zu klären?" „Ich habe einen Vorschlag. Oder nennen wir es eine Idee," sagte Herr Hund. „Was hältst Du davon, wenn Du Dir einen ganz neuen Namen aussuchst? Es gibt doch so viele schöne Namen." „Was ist das für eine bescheuerte Idee?" sagte der Hund, „ich habe doch einen schönen Namen." „Du wirst Dich auch an einen neuen Namen schnell gewöhnen." „Dann kannst Du Dir ja auch einen neuen Namen aussuchen. Wie wäre es denn; wenn Du ab heute Dominik oder Detlef heißt, oder Kevin oder Finley?" „Du bist unsachlich!" „Ich bin unsachlich?" sagte der Hund. „Weil ich Dir Deine eigene Idee vorschlage, bin ich unsachlich? Das ist ein elementares Problem von

Euch Menschen, Ihr mutet dem anderen etwas zu, das Ihr für Euch aber nicht gelten lasst. Ihr habt doch so ein schönes Sprichwort: Was Du nicht willst, das man Dir tu, das füg auch keinem anderen zu. Warum richtet Ihr Euch nicht danach?" „Das hat doch jetzt mit Deinem Namen überhaupt nichts zu tun," sagte Herr Hund. „Natürlich hat es was damit zu tun," beharrte der Hund. „Es würde auf der Welt anders aussehen, wenn Ihr anderen nur das zumuten würdet, was Ihr auch selbst erdulden und ertragen könnt. Lass Dich mal ohne Betäubung kastrieren, dann verstehst Du, wovon ich rede. Hast Du schon mal ein Ferkel schreien hören, wenn es kastriert wird?" „Nein, habe ich nicht!" „Das solltest Du Dir aber mal anhören! Und Du solltest Dir mal vorstellen, das würde man mit Dir machen. Hast Du mal gehört, wie eine Kuh weint, wenn man ihr das Kalb wegnimmt? Und wie das Kalb weint? Hast Du mal gesehen, wie stolz die Jäger ihre Jagdbeute in die Reihe legen, die Füchse von der Fuchsjagd, die

Wildschweine, die Rehe, die Hasen?"

„Jetzt schweifst Du vom Thema ab," sagte Herr Hund. „Ach ja? Tu ich das?" sagte der Hund. „Hat sich einer der Jäger mal vorgestellt, dass er der Fuchs wäre? Oder das Reh? Oder das Wildschwein? Oder der Hase? Welche Chance hat das Wild denn gegen einen Menschen mit Gewehr? Hast Du mal die Massentierhaltung gesehen? Der Mensch ist das grausamste Wesen, das jemals die Erde betreten hat. Kein feuerspeiender Drachen könnte so grausam sein, geschlüpfte Küken in den Schredder zu tun und zu schreddern!" „Ja, da gebe ich Dir recht, das ist grausam. Aber das hat mit Deinem Namen nichts zu tun." „Das hat aber damit zu tun, dass Ihr andere so behandelt, wie Ihr selbst nicht behandelt werden möchtet. Die Puten, die Gänse, die Hühner, die niemals das Sonnenlicht gesehen haben, die keinen halben Quadratmeter Raum haben, in dem sie sich bewegen können, - möchtest Du so leben? Hast Du mal die Liebe gesehen, mit der sich Vögel um ihren Nachwuchs kümmern? Wie die Entenmutter vorangeht und ihre Kleinen watscheln hinterher zum Teich, wo Mama ihnen das Schwimmen beibringt, wie liebevoll sie dem Nachwuchs ein Nest bauen, wie sie ihn bewachen und Futter herbeitragen und füttern, wie unermüdlich die Meise und das Huhn ein Ei ausbrütet? Und wenn dann endlich die kleinen gelben Küken schlüpfen, kommt der Mensch und sagt: Das ist nur ein Hahn, der kommt in den Schredder. Ich würde mich schämen, ein Mensch zu sein!!!" „Weißt Du was? Du bist eine alte ganz raffinierte Töle! Aber Du bist Fritz, und ich liebe Dich!" – „Und ich habe recht?" „Ja, mein Hund, und Du hast recht."

„Hallo, Fritz!" sagte Annett. „Hallo, mein Schatz," sagte Herr Hund, „setz Dich." „Oh!" sagte der Hund, „da hat sich was ereignet. Gab es wohl doch ein bums fallera." „Halte Dich zurück, Töle!" sagte Herr Hund. „Bums fallera und Pinnchen verstecken gespielt?" „Mein Schatz, ich habe eine Bitte," sagte Herr Hund, „mach mir doch bitte eine Aufstellung über alles, was Du zu den Themen Massentierhaltung, Tiertransporte, Tierschutz, Hähnchenschreddern usw. finden kannst, die Gesetzgebung, bisherige Urteile usw." „Ich spitze die Ohren!" sagte der Hund. „Hähnchenschreddern soll ganz verboten werden," sagte Annett, „da gibt es wohl schon einen Gesetzentwurf." „Uns nützen keine Entwürfe, sondern es muss gehandelt werden!" sagte Herr Hund, „wir brauchen Verbote, und zwar nicht in zehn Jahren, sondern sofort!" „Kann ich meinen Lauschern trauen?" sagte der Hund, „so nenne man mich Fritzchen! Das klingt ja wunderbar!!!" „Geht es um einen konkreten Fall?" fragte Annett.

„Nein," sagte Herr Hund, „im Gegenteil. Ich denke darüber nach, das Recht der Tiere auf artgerechte Haltung und Behandlung einzuklagen und im Gesetz festzuschreiben! Wir können doch nicht schweigend mitansehen, wie Tiere unter unwürdigen Verhältnissen auf kleinstem Raum ihr Dasein fristen, wie Jungtiere von ihren Eltern weggenommen werden, die sich fürsorglich um ihren Nachwuchs kümmern, wie Küken bestialisch geschreddert werden, nur weil sie die nach menschlicher Ansicht falschen Geschlechtsmerkmale haben, wie schreiende Schweine bei vollem Bewusstsein kastriert werden…"

„Alter, ich bin stolz auf Dich!" sagte der Hund. „Einer muss doch mal ein Zeichen setzen und etwas dagegen unternehmen." „Und das sind wir?" fragte Annett. „Wir werden unsere juristischen Möglichkeiten in die Waagschale werfen," sagte Herr Hund, „und wenn wir jeden Tierquäler einzeln verklagen müssen! Wenn die Tiere bisher keine

Lobby hatten, wollen wir uns darum kümmern, dass sie in Zukunft eine haben werden." „Ich wusste es," sagte der Hund, „ein Mensch, der Hund heißt, kann so schlecht nicht sein." „Das wird nicht viel leichter sein, als einen Boxer zu verteidigen, der unschuldige Menschen zusammenschlägt," sagte Annett, „aber ich bin stolz darauf, dass wir solche Pläne haben." „Ich auch!" sagte der Hund.

„Sag mal, Herrchen, verteidigen wir auch Alimentenansprüche?" „Ja, klar!" „Und sind wir erfolgreich damit?" „Das kommt darauf an, ob sie berechtigt sind." „Na ja," sagte der Hund, „das kommt ja auch auf den Betrachter an und ist ja auch eine Frage der Beweislast, oder?" „Wie kommst Du denn jetzt auf so eine Frage, mein Hund?" fragte der Anwalt. „Es wird sich jemand bei Dir beschweren." „Beschweren? Bei mir?" „Na ja, es geht um die Nelly. Sie ist wohl schwanger. Und ich bin ja eigentlich sogar stolz darauf, dass sie außer mir keinen Freund hat. Das wirst Du doch verstehen?" „Ich soll das also so verstehen, dass Du die Nelly geschwängert hast." „Ja, so sollst Du das verstehen. Ich meine, wenn Du jetzt der einzige Freund von der Annett bist, dann bist Du doch auch stolz darauf, oder?" „Komm mir nicht mit solchen Vergleichen!" „Jedenfalls will sich das Frauchen von der Nelly bei Dir beschweren, weil sie meint, Du hättest verhindern müssen, dass ich mit der Nelly, - Du weißt schon!" „Ja, ich weiß schon! Es hätte ja sicher wenig genützt, wenn ich Dir Tipps zur Verhütung gegeben hätte." „Alter, komm nicht auf die Idee, mir die Männlichkeit nehmen zu lassen!!! Versprich mir das!" „Auf keinen Fall lasse ich Dich kastrieren." „Ich bin erleichtert!" „Aber was hat das mit Alimentenansprüchen zu tun?" „Die Nelly meint, dass ihr Frauchen Geld dafür haben will, dass ich sie zum Kap der guten Hoffnung geschickt habe. Die Nelly freut sich sogar darüber, dass sie Mama wird. Und ich freu mich doch auch. Man lebt doch in seinem Nachwuchs irgendwie auch weiter, oder? Wenn Du jetzt mit der Annett…" „Wir sprechen jetzt über Dich und nicht über die Annett." „Aber wenn Du mit ihr bumsfallera machst…" „Töle!!!" „Schon gut, schon gut, Herrchen!" „Lass das Frauchen von der Nelly mal kommen. Ich werde mir das erst mal anhören, was sie sagt und was sie will." „Du bist nicht sauer auf mich?" „Nein, wir sind doch Freunde!" „Und Männer!"

„Schade, dass sie die Nelly nicht mitgebracht hat," sagte der Hund, als das Frauchen von der Nelly in die Kanzlei kam. „Ich werde mich ein bisschen im Hintergrund aufhalten." „Guten Tag, Herr Rechtsanwalt Hund," sagte das Frauchen von der Nelly, „ich muss Sie leider mit einer unangenehmen Sache konfrontieren." „Ja, ich weiß," sagte Herr Hund. „Sie wissen?" sagte das Frauchen von der Nelly überrascht, „was wissen Sie?" „Erzählen Sie mal." „Sie haben einen Rüden." „Ja, ich habe einen Rüden." „Und ich habe eine Hündin." „Wie schön!" sagte der Anwalt. „Sie lassen Ihren Hund alleine frei herumlaufen." „Ja, er macht schon mal gerne einen Spaziergang." „Ich weiß jetzt gar nicht, wie ich anfangen soll," sagte das Frauchen von der Nelly, „das ist mir jetzt richtig unangenehm." „Etwas Unangenehmes?" sagte der Anwalt. Der Hund legte sich neben die Füße von Herrn Hund. „Da ist er ja, der Übeltäter!" sagte das Frauchen von der Nelly. „Übeltäter?" fragte Herr

Hund, „hat er was ausgefressen?"
„Hm, das muss man wohl so sagen."
„Lass mich nicht lügen, sie hätte
selbst gern das Vergnügen," sagte
der Hund. Herr Hund lachte. „So
lustig ist das nicht," sagte das
Frauchen von der Nelly. „Aber
schön!" sagte der Hund, „Alter, sag
ihr, dass es schön ist." „Sie sagten,
Ihr Hund macht gerne mal einen
Spaziergang." „Ja." „Wie heißt er
eigentlich, Ihr Hund?" „Wir
diskutieren noch. Da ist die
Namensfindung noch nicht ganz
abgeschlossen." „Sie diskutieren
noch? Mit Ihrer Frau?" „Nein, nein,
mit dem Hund." „Ha, ha, ha, ha. Sie
haben einen seltsamen Humor. Also
Ihr Hund war wohl bei einem seiner
Spaziergänge bei meiner Hündin."
„Nicht nur bei einem," sagte der
Hund. „Und da ist es passiert." „Was
ist passiert?" fragte Herr Hund. „Na
ja, die beiden Hunde, Ihr Rüde und
meine Hündin, verstehn Sie?"
„Vielleicht lieben sie sich," sagte Herr
Hund. „Besser hätte ich es nicht
sagen können," sagte der Hund.
„Lieben??? Die Hunde???" „Ja,

meinen Sie, Hunde können sich nicht lieben?" „Sie bringen mich jetzt aus dem Konzept. Ist das Ihre Taktik als Rechtsanwalt?" „Nein, ganz und gar nicht, gnädige Frau! Warum sollen sich Hunde nicht lieben können?" „Ich fürchte, das übersteigt ihren Horizont," sagte der Hund. „Also, um es kurz zu machen: Ihr Hund hat meine Nelly bestiegen." „Bestiegen?" „Und jetzt ist sie schwanger, inzwischen ärztlich bestätigt!" „Ach! Sie waren mit ihr beim Gynäkologen?" „Sie scheinen das alles lustig zu finden, Herr Anwalt. Ja, ich war mit der Nelly beim Tierarzt, der mir die Hundeschwangerschaft bestätigt hat." „Und die Vaterschaft ist auch geprüft, nehme ich an!?" sagte der Anwalt lachend. „Dazu stehe ich wie eine Eins," sagte der Hund. „Herr Anwalt, es geht jetzt ernsthaft darum, wie wir beide uns einigen." „Das stimmt," sagte Herr Hund, da Ihre Hündin ein ärztliches Attest über ihre Schwangerschaft vorlegen kann und mein Hund die Vaterschaft nicht bestreitet, haben wir es hier mit einem völlig unstrittigen Tatbestand zu tun. Was schlagen Sie vor, gnädige Frau? Reden wir über Geld?" „Alter, mach jetzt keinen Fehler!" sagte der Hund. „Nicht, dass ich da schon eine klare Vorstellung hätte," sagte das Frauchen von der Nelly, „aber ich hätte da schon gerne klare Verhältnisse." „Das Verhältnis habe ich doch!" sagte der Hund. „Ja, klare Verhältnisse," sagte der Anwalt, „das wäre wohl die beste Lösung. Und an welchen Betrag haben Sie gedacht? Eine einmalige Zahlung oder einzelne Zahlungen, je nach der Entwicklung und dem weiteren Verlauf?" „Ich bin sehr erleichtert, dass Sie da so selbstverständlich mit umgehen, Herr Anwalt. Mir wäre schon eine einmalige Zahlung ganz lieb. Sagen wir 500 Euro?" „Das ist sehr großzügig von Ihnen," sagte der Anwalt. „Bist Du wahnsinnig!?" sagte der Hund. „Aber berücksichtigen Sie, gnädige Frau, dass mein Hund über keine Ahnentafel verfügt. Und da es sich ja doch eher um ein Zufallsprodukt als um eine

Zuchtabsicht handelt, bin ich ehrlich gesagt gar nicht sicher, ob hier die Zuchtordnung überhaupt zur Anwendung kommt."

„Entschuldigung, jetzt kann ich Ihnen gerade nicht folgen. Wie meinen Sie das mit Zuchtabsicht und Zuchtordnung?" „Ich meine, dass es ja gar nicht geplant war, dass mein Rüde Ihre Hündin deckt. Insofern käme ich mir doch etwas schäbig vor, wenn ich dafür von Ihnen 500 Euro verlangen würde." „Boh! Clever!!!" sagte der Hund. Das Frauchen von der Nelly rang erst mal nach Luft und dann nach Worten. „Haben wir uns da völlig missverstanden, oder machen Sie Spaß?" fragte sie ganz erregt, „das Geld kriege ich doch von Ihnen und nicht Sie von mir!" Herr Hund lachte. „Jetzt machen Sie aber Spaß. Die Decktaxe oder das sogenannte Deckentgelt zahlt doch grundsätzlich der Besitzer des weiblichen Tieres an den Besitzer des männlichen Tieres. Alles andere ergäbe doch auch überhaupt keinen Sinn!" „Genau!" sagte der Hund, „alles andere wäre ja Prostitution". Herr Hund lachte: „Darauf bin selbst ich nicht gekommen." „Wie meinen Sie?" „Ach, mein Hund sagte nur…. nee, ist schon gut! Ich mache Ihnen einen Vorschlag, gnädige Frau. Sie zahlen 100 Euro als Spende an das Tierheim, und die ganze Sache ist damit aus der Welt." „Boh! Clever, Alter!!!" sagte der Hund noch einmal. „Und was ist mit den Jungen? Wenn die Welpen geboren werden?" fragte das Frauchen von der Nelly. „Da verzichten mein Hund und ich auf einen Mitbesitz," sagte der Anwalt, „die Kleinen gehören zur Mutter, da würde ich also für mich juristisch keine Vorteile verhandeln wollen. Es ist aber nett von Ihnen, dass Sie zu mir gekommen sind und wir so offen darüber gesprochen haben. Wenn Sie mich dann bitte entschuldigen wollen, ich erwarte gleich eine Klientin." Das Frauchen von der Nelly wirkte von dem Gespräch etwas verwirrt. „Ich überleg mir das," sagte sie, „auf Wiedersehen, Herr Anwalt." „Gruß an die Nelly," sagte der Anwalt, und der Hund sagte:

„Alimente abgewendet! Herrchen,
das war eine juristische
Glanzleistung!!!"

„Guten Tag, Herr Rechtsanwalt. Wir hatten telefoniert. Sie waren so freundlich, mir einen Termin zu geben. Mein Name ist Tschipski, Frau Tschipski." „Ja, guten Tag, Frau Tschipski. Ich habe Sie erwartet. Nehmen Sie doch Platz." „Oh, danke, Herr Rechtsanwalt. – Das ist Ihr Hund?" „Ja, das ist mein Hund. Haben Sie Angst vor Hunden?" „Nein, nein, ganz und gar nicht. Er kommt mir bekannt vor." „Oh je!" sagte der Hund, „wieder eine Beschwerde?" „Er kommt Ihnen bekannt vor? Woher glauben Sie, ihn zu kennen?" „Zumindest sieht er ihm sehr ähnlich." „Ein Doppelgänger," sagte der Hund. „Heißt er zufällig Fritz?" „Zufall würde ich das nicht nennen," sagte der Hund. „Ja, er heißt Fritz, genauso wie ich." „Ach, das ist ja interessant!" „Aber ich nenne ihn…" „Na!!! Ich möchte der alten Dame nicht so gerne ans Bein schiffen!" „Ich nenne ihn Hund Fritz. Und woher kennen Sie ihn?" „Ein bekanntes Ehepaar von mir hatte so einen Hund. Der hieß auch Fritz. Sie hatten in Gelsenkirchen eine

Seltersbude, da lag er auch öfter und sah dem täglichen Treiben zu."
„Bingo!" sagte der Hund. „Na, was für ein Zufall," sagte der Anwalt, „ja, das ist Fritz von der Familie aus Gelsenkirchen. Was für ein Zufall!"
„Die armen Leute," sagte Frau Tschipski, „er hat es nie verwunden, dass seine Frau gestorben ist. Ich habe ihn noch einmal wiedergesehen, da war er schon im Altenheim. Es war Weihnachten, da habe ich dort Besuche gemacht. Was wisst Ihr denn schon von den einsamen Menschen, die Heiligabend alleine in ihrer großen Wohnung sitzen, hatte er gesagt. Was wisst Ihr schon davon, was in Ihren Herzen vorgeht." „Mein armes dementes altes Herrchen," sagte der Hund, „ich könnte heulen!" „Er soll ja seinen Verstand verloren haben, als seine Frau gestorben war," erzählte Frau Tschipski, „aber dann hatte er doch wieder ganz lichte Momente. Wie sind Sie denn an den Hund gekommen?" „Ich habe ihn im Tierheim entdeckt." „Ach ja, das arme Tier, es musste ins Tierheim."

„Die Frau hat ein Herz!" sagte der Hund. „Es war Liebe auf den ersten Blick," sagte der Anwalt. „Tiere sind ja sehr dankbar, wenn sie wieder ein neues Zuhause bekommen," sagte Frau Tschipski. „Ja, das ist er. Er kann aber auch eine ganz verdammte Töle sein." „Alter, jetzt fahr doch nicht die Stimmung wieder runter!" „Das glaube ich nicht. Er sieht so lieb aus." „Genau!!!" sagte der Hund. „Aber darum sind Sie ja nicht hier, Frau Tschipski," sagte der Anwalt. „Nein, darum bin ich nicht hier. Nach 45 Jahren muss ich nun aus meiner Wohnung." „Das ist noch lange nicht entschieden." „Aber sie haben es mir doch so geschrieben von der Wohnungsverwaltung." „Ja, Frau Tschipski, und darum gibt es uns Rechtsanwälte, um so etwas nach Möglichkeit abzuwenden. 45 Jahre wohnen Sie nun dort?" „Ja, ist doch mehr als mein halbes Leben. Und ich dachte, ich könnte dort auch meine restlichen Jahre, die mir noch bleiben, wohnen und dort auch sterben." „Jetzt wollen wir doch nicht an sterben denken," sagte der Hund.

Und Herr Hund fast mit den gleichen Worten: „Wir denken jetzt doch nicht an sterben." „Aber in meinem Alter.." „Jetzt denken wir an leben, und zwar noch möglichst lange in Ihrer Wohnung!" sagte Herr Hund. „Warum sollen Sie denn überhaupt aus der Wohnung raus? Wie hat man das begründet?" „Zuerst hat mich ein feiner Herr besucht und mir gesagt, da würde alles umgebaut. Während des Umbaus müsste ich sowieso raus. Und wenn ich tatsächlich noch einmal eine theoretische Möglichkeit haben sollte, wieder in die Wohnung einzuziehen, dann wäre die Miete mindestens doppelt so hoch. Das könnte ich mir von meiner kleinen Rente ja sowieso nicht leisten. Man käme mir auch mit der Zeit entgegen, dass ich eventuell etwas anderes suchen könnte oder mich mal im Altersheim erkundige, ob ich da nicht besser untergebracht wäre. Aber ich möchte doch gar nicht in ein Heim, solange ich alleine noch so gut alles schaffe." „Das müssen Sie auch gar nicht!" „Und dann sollte ich unterschreiben, dass ich in drei Monaten die Wohnung geräumt hätte. Man würde dann auch als Entgegenkommen auf die letzte Monatsmiete verzichten." „Was sind das denn für Methoden?" sagte der Hund. „Sie haben das hoffentlich nicht unterschrieben!?" sagte der Anwalt. „Nein! Ich war ja viel zu nervös und wollte da auch nichts falsch machen." „Das haben Sie genau richtig gemacht. Ich will Ihnen jetzt nicht zu viel versprechen, Frau Tschipski, aber die Chancen stehen sehr günstig, dass Sie in Ihrer Wohnung bleiben können." „Sie meinen?" „Ja!" „Da wäre ich Ihnen ja so dankbar!" „Ich brauche dann zunächst mal die Briefe der Wohnungsgesellschaft und den Mietvertrag." „Nicht verzagen, Fritz Hund fragen," sagte der Hund. „Aber da ist noch ein Problem," sagte Frau Tschipski, „was kostet das denn?" „Gar nix!" sagte der Hund. Der Anwalt lachte. „Mein Hund würde sagen, dass ich es ganz umsonst mache. Frau Tschipski, machen Sie sich darum mal keine Gedanken.

Eine kleine Hilfeleistung wird nicht teuer. Und falls es zu einem Prozess kommen sollte, wovon ich momentan nicht ausgehe, dann sehe ich das sehr positiv, dass die Gegenseite die Kosten zu tragen hat." „So ist mein Herrchen, ein feiner Kerl!" sagte der Hund. „Ich bin ja so froh, Herr Rechtsanwalt, dass ich zu Ihnen gekommen bin. Jetzt kann ich schon wieder ruhiger schlafen." „Ja, das können Sie!" „Wie brav er da liegt, so wie damals in der Seltersbude." Der Hund hatte die alte Dame ins Herz geschlossen und begleitete sie noch mit zur Tür. „Auf Wiedersehen, Herr Rechtsanwalt, den Mietvertrag und die Unterlagen bringe ich Ihnen dann vorbei." „Auf Wiedersehen, Frau Tschipski." „Wau!!!" sagte der Hund.

„Hier hat das Gift gelegen," erzählte Nelly ihrem Freund, dem Hund Fritz. „Ich wäre fast gestorben! Zum Glück habe ich nicht alles aufgefressen, sonst wäre ich jetzt im Hundehimmel." „Den Saukerl werden wir kriegen," sagte Fritz, „das verspreche ich Dir bei all meiner Liebe und unseren Welpen." Hund Fritz hatte sich dort auf die Lauer gelegt. Und tatsächlich hat er den fiesen Menschen erwischt. Er ging wieder dort den Weg entlang und legte Köder mit Gift aus. Hund Fritz folgte ihm, bis er hinter einer Haustür verschwand. Nun wusste er, wer der Drecksack war und wo er wohnt. Hund Fritz hatte es seinem Herrchen erzählt. Herr Fritz und Annett stellten das ausgelegte Gift sicher, und Annett erstattete Anzeige gegen den Tierfrevler. Dass ausgerechnet Anwalt Hund dessen Verteidigung übernommen hatte, erwies sich für ihn keineswegs als Glück. Während die Staatsanwältin als Strafe lediglich eine Spende an den Tierschutzverein beantragt hatte, beantragte Anwalt Hund ein Jahr

Gefängnisstrafe ohne Bewährung für seinen eigenen Klienten. „Er ist ein Wiederholungstäter," sagte der Anwalt, „da reicht eine Geldstrafe nicht, und das kann auch nicht zur Bewährung ausgesetzt werden." So etwas war dem Richter auch noch nicht passiert, aber entsprechend lautete dann auch das Urteil. Da störte es nur wenig, dass nach der Urteilsverkündigung im Gerichtssaal zwei Hunde unter der hintersten Bank hervorgekrochen kamen und vor Freude anfingen, laut zu bellen. „Siehst Du, Nelly, es gibt doch noch eine gerechte Strafe für solche Übeltäter!" sagte Hund Fritz.

Der Hund freute sich wie immer, wenn Annett in die Kanzlei kam. „Na, Hund Fritz, wie geht es Dir?" „Wau!" sagte der Hund. „Gut?" „Wau!" „Schau mal, ich hab Dir einen Kauknochen mitgebracht, magst Du den?" „Achte auf die Bewegung meines Schwanzes," sagte der Hund, „da siehst Du pure Freude!" Aber Annett konnte ja leider nicht hören, was er sagte. „Wo ist denn Dein Herrchen?" fragte sie. „Ich könnte es Dir erklären," sagte der Hund, „aber Du verstehst es ja nicht. Ihr Menschen stellt blöde Fragen. Ein Mädchen im Tierheim sagte immer zu uns Hunden: „Ei, wo isser denn?" Blöde Gans, sie sieht doch, wo wir sind!

„Guck mal, Alter, was mir Deine Saftpresse mitgebracht hat," sagte Hund Fritz zu Fritz Hund, als dieser hereinkam. „Auf so eine grandiose Idee kommst Du wohl gar nicht." „Ein Knochen?" „Ein Kauknochen," sagte Annett. „Er hat sich so gefreut!" „Verwöhn den Hund nicht so. Das hat die Töle nicht verdient. – Sag mal, Annett, musst Du heute noch zur Stadt?" „Das kann sein. Soll ich was erledigen?" „Ich habe den Lottoschein noch nicht abgegeben." „Du spielst im Lotto?" „Ja, seit vielen Jahren machen wir das. Der Heinz und ich haben einen gemeinsamen Tippschein, den wir jede Woche spielen." „Würde es Euch stören, wenn ich da mitmache?" fragte Annett. „Au ja," sagte Hund Fritz, „da will ich auch mitmachen." Fritz Hund lachte: „Was willst Du Töle mit einem Lottogewinn?" „Oh, oh!!!" sagt Hund Fritz, „das wüsste ich schon. Ich würde in den Tierschutz investieren." „Er will in den Tierschutz investieren," erklärte Herr Hund der Annett. „Das ist doch keine schlechte Idee," sagte Annett. Als wenn er es geahnt hätte, kam am Nachmittag auch noch Heinz auf eine Stippvisite in die Kanzlei. „Du kommst ja wie gerufen," sagte Fritz Hund zu seinem Freund. „Es geht um unseren Lottoschein." „Du hast vergessen, ihn abzugeben!?" „Nein, nein, keine Sorge!" sagte Fritz Hund. „Annett möchte gerne mitmachen in unserer Tippgemeinschaft." „Und ich auch!"

sagte Hund Fritz. „Ja, und der Hund auch," sagte Fritz. „Der Hund???" wiederholte Heinz ungläubig. „Ja, der Hund will auch mitmachen. Und wenn wir gewinnen, will er in den Tierschutz investieren." „Das ist ja gar keine dumme Idee von dem Köter!" „Na, na, na," sagte Hund Fritz, „zähme ein bisschen Deine Ausdrücke, sonst schifft Dir der Köter ans Bein." Fritz Hund lachte. „Warum lachst Du?" fragte Heinz. „Das willst Du gar nicht hören!" sagte Fritz. „Wir haben eigentlich nie darüber gesprochen, was wir mit dem Geld machen, wenn wir wirklich mal im Lotto gewinnen," sagte Heinz. Nun kommt Dein Hund mit dem Tierschutz. Ich finde die Idee gar nicht schlecht, für einen größeren Geldgewinn so einen Plan zu haben." „Ich habe noch eine andere Idee," sagte Annett. „Der Hund hat doch so klug den Mann ausfindig gemacht, der die Giftköder ausgelegt hat. Könnte man das nicht auch auf andere Bereiche ausdehnen?" „Ja klar! Ja klar!" sagte Hund Fritz. „Wie meinst Du das?" fragte Heinz. „Ich habe es auch nicht ganz verstanden, an welche Bereiche Du denkst, Annett." „Ich habe schon lange den Gedanken im Kopf," sagte Annett, „ob man nicht eine Privat-Initiative gründen kann, die den Leuten auf die Spur kommt, die bei anderen einbrechen, die fremdes Eigentum sinnlos zerstören, die in der Stadt randalieren usw." „Du willst Detektiv spielen?" fragte Fritz. „Ja! Und nicht nur Detektiv, sondern auch Polizei und Richter." „Das ist nicht erlaubt!" sagte Heinz. „Ja, Moment mal, lieber Heinz," sagte Fritz Hund, „erlaubt ist es auch nicht, im Kindergarten einzubrechen, den Pavillon im Stadtgarten zu beschädigen und nachts Autos zu zerkratzen." „Also wollt ihr eine Bürgerwehr gründen?" sagte Heinz. „Das ist doch eine super Idee," sagte der Hund, „wir legen den ganzen Kleinkriminellen und Drecksäcken das Handwerk." Sie redeten bis weit nach Mitternacht. „Also gut," sagte Fritz Hund, „die Chance auf einen Sechser im Lotto ist ja nicht so sehr groß." „Aber davon machen wir es abhängig!" sagte Heinz. „Jawohl!" „Sechs im Lotto und mindestens eine Million Euro Gewinn, das ist die Prämisse", bestätigte Fritz Hund, „dann nennen wir uns Die Wachhunde". „Der Name ist ja zu schön," sagte Annett, „das alleine ist schon einen Lottogewinn wert." „Und Geld werden wir dazu auch brauchen," sagte Fritz, „das erleichtert es auch, die Typen ausfindig zu machen und zu schnappen." „Und zu keinem ein Wort darüber!" sagte Heinz, „die Wachhunde müssen anonym bleiben." „Ich glaube ja zum Glück nicht an einen Lottogewinn," sagte Fritz lachend, „sonst könnte ich mich schon mal bei der Anwaltskammer abmelden. Was wir da vorhaben, lässt sich ja nun beim besten Willen nicht mit dem Beruf eines Rechtsanwaltes vereinbaren."

Annett kam kreidebleich im Gesicht in die Kanzlei gestürzt. „Mir ist schlecht! Mir ist furchtbar schlecht!" Der Hund sagte: „Alter, hast Du sie in Umständen gemacht? Dann haben Frauen sowas!" „Quatsch!!!" sagte Herr Hund. „Was ist los, Annett? Du bist doch nicht....?" „Was bin ich?" „Schwanger?" „Wie kommst Du denn darauf?" „Hat die Töle gemeint," sagte der Anwalt. „Mir ist so schlecht," wiederholte Annett, „wir haben Sechs im Lotto!!!" „Was haben wir? Mach keine Witze!" „Wir haben alle sechs Lottozahlen in einer Reihe," sagte Annett. „Ich hatte es im Urin," sagte Hund Fritz, „ich hatte es wirklich im Urin. Dann kann ja die Aktion Wachhund starten." „Das ist ja nicht zu fassen!" sagte Herr Hund und rief seinen Freund Heinz an. „Hallo, Heinz, was gibt es Neues? – Nichts? Das glaubst Du auch nur. Sitzt Du oder stehst Du? – Dann setz Dich lieber hin. Annett ist gerade hier. Wir haben Sechs im Lotto!. – Sechs im Lotto!!! – Ja, Du hast richtig gehört, wir haben Sechs im Lotto!!! –

83

Ich glaube auch, die Töle bringt uns Glück." „Ich bin ein Glücksbote," sagte Hund Fritz. „Und Du hast Glück, dass Du Dich im Tierheim für mich entschieden hast. Lass mal ein Leckerchen rüberwachsen, Alter!" „Annett, da in der Schublade sind Leckerchen, gib ihm mal eins!" „Oder zwei bis drei," sagte der Hund. „Fritz, Du kannst den Puls wieder runterfahren, sagte Heinz, „ich sehe hier gerade die aktuellen Lottozahlen. Das sind nicht unsere Zahlen!" „Was? Das sind nicht unsere Zahlen? Aber Annett sagt doch…". Annett lachte. „Männer!!! Ich habe doch gesagt, dass ich mitspielen möchte. Deshalb habe ich auf dem Schein eine Reihe dazugemacht. Und die Zahlen sind alle sechs gekommen. Glaub's mir, wir haben einen Sechser!" „Das sind Zahlen von Annett," sagte Fritz dem Heinz. „Während Annett dem Hund ein paar Leckerchen zuwarf, verabredeten sich Heinz und Fritz zum nächsten Treffen, um die Neuigkeit mit einem Glas oder bei einer Tasse Kaffee zu besprechen und zu feiern. „Nimm sie in den Arm," sagte der Hund. Fritz nahm Annett in den Arm und küsste sie. „Das ist ja dann eigentlich Dein Gewinn," sagte er. Annett lachte. „Ist meins nicht auch Deins?" „Du bist ein Schatz," sagte Fritz. „Dem würde ich nicht widersprechen," sagte der Hund.

„Zum Wohle!" – „Zum Wohle!" –
„Zum Wohle!" „Auf unseren
Lottogewinn von 1,3 Millionen Euro."
Auch Hund Fritz schlabberte an
seinem Wassernapf. „Und auf die
Wachhunde!" sagte Annett. „Ja, und
auf die Wachhunde," wiederholte
Fritz Hund. „Der Heinz setzt am
besten eine Satzung dafür auf. „Ich
denke, im Kernsatz sind wir uns
einig," sagte Heinz, „wir spüren die
Kleinkriminellen in unserer Stadt auf
und bestrafen sie." „Wir sollten
zunächst über die Aufteilung des
Geldes reden," sagte Heinz. „So
sehe ich das auch," sagte der Hund.
Außer Herrn Hund verstand ihn ja
keiner. „Du willst doch wohl nicht
auch einen Anteil davon?" sagte Fritz
Hund. „Das war so besprochen,"
sagte Hund Fritz, „mein Anteil wird
für den Tierschutz verwendet." „Der
Hund sagt mir gerade, sein Anteil
würde für den Tierschutz verwendet,"
informierte Fritz Hund. „Ja," sagte
Annett, „das war ja so vereinbart."
„Also dreihunderttausend für den
Tierschutz, dreihunderttausend für
Annett, dreihunderttausend für Fritz

und dreihunderttausend für mich. Das sind 1,2 Millionen. Die restlichen einhunderttausend gehen auf ein Sonderkonto für die Wachhunde. Dafür brauchen wir Geld, auch, um mal an Informationen zu kommen oder eine Belohnung auszusetzen," sagte Heinz. „Ich freu mich jetzt auf die Aktion." „Ich auch!" „Ich auch!"

„Habt Ihr das gelesen? Vandalen haben den Eingang und den Zaun an der Sporthalle mit Farbe besprüht. Die Polizei sucht nach sachdienlichen Hinweisen," sagte Heinz. „Ja," sagte Annett, „und ein Auto, das dort parkte, haben sie ebenfalls besprüht." „Unser erster Fall!" sagte Fritz Hund. „Es waren drei Jungs, der Haupttäter ist Kevin Breitner, Bahnhofstraße 8," sagte Hund Fritz." „Du kennst den Täter?" fragte Fritz. „Es waren drei. Aber ich konnte ja nur einem folgen." „Der Hund kennt den Täter," sagte Fritz, „es waren drei. Einer heißt Kevin Breitner und wohnt in der Bahnhofstraße 8." „Dein Hund ist ja Gold wert!" sagte Heinz. „Alter, lass ein Leckerchen rüberwachsen!" sagte der Hund. „Er war gestern Abend unterwegs. Da hat er die Jungs beobachtet und ist einem gefolgt," sagte Fritz. „Worauf warten wir?" sagte Heinz, „knöpfen wir uns diesen Kevin mal vor." Sie machten sich alle vier auf zur Bahnhofstraße. Vor dem Haus Nummer 8 schraubte ein Junge an seinem Fahrrad rum.

„Bist du Kevin?" fragte Fritz. „Wer will das wissen, Opa?" erwiderte Kevin. „Ich schiff ihm gleich ans Bein," sagte Hund Fritz. „Hör mal zu, mein Junge," sagte Heinz, „die Opas können sehr ungemütlich werden! Und unser Hund macht Tätowierungen, da kommt der beste Tätowierer der Stadt nicht mit." „Was wollt ihr denn von mir?" fragte Kevin etwas kleinlauter. „Du hast was gutzumachen," sagte Fritz Hund." „Ich???" „Ja! Du und deine beiden Kumpel, mit denen du an der Sporthalle den Eingang und die Tür mit Farbe beschmiert hast." „Und das Auto," ergänzte Annett. „Wer behauptet das?" fragte Kevin. „Pass mal auf, Junge, Du hast zwei Möglichkeiten," sagte Fritz Hund, „entweder, Du gehst zu dem Hausmeister der Sporthalle, entschuldigst Dich und entfernst da die Farbe wieder…" „Oder Du kriegst von uns erst mal eine anständige Tracht Prügel, damit Du nicht noch einmal auf so eine Idee kommst. Und dann zeigen wir Dich an!" sagte Fritz.

„Was habt Ihr denn überhaupt damit zu tun?" fragte Kevin. „Okay," sagte Heinz, „diese Sprache versteht er anscheinend nicht, also lasst uns erst mal mit der Tracht Prügel beginnen. Das Fahrrad nehmen wir mit." „Ist ja schon gut! Ist ja schon gut!" sagte Kevin. „Und denk dran, die Opas sind nur einmal so großzügig zu Dir. Wenn du noch einmal so etwas anstellst, wird das eine Strafe, die Du nicht vergisst!" sagte Heinz. Hund Fritz konnte es nicht lassen, an dem Fahrrad doch noch sein Bein zu heben. „Äh!!!" sagte Kevin. „Du bist ihm wohl nicht so sympathisch," sagte Annett. „Also sind wir uns einig?" sagte Fritz Hund, „Du gehst zur Sporthalle und bringst das in Ordnung!?" – „Ja!!!" „Der Spruch vom Heinz hat mir gefallen, Chef, dass ich gute Tätowierungen mache," sagte der Hund, „den werde ich mir merken."

Dank der Aufmerksamkeit von Hund Fritz war der erste Fall der Wachhunde ja ein schneller und guter Erfolg. Kevin hatte von seinen Freunden verlangt, dass sie mitgingen zum Hausmeister der Sporthalle und sich entschuldigten. „Wir hatten zu viel getrunken!" hatte Kevin dem Hausmeister gesagt und sich gewundert, dass dieser offensichtlich gar nicht wusste, wer da die Farbe gesprüht hat. Denn der Hausmeister sagte zu den Jungs: „Das ist nett von Euch, dass Ihr Euch freiwillig gestellt habt. Dann will ich auch die Anzeige zurückziehen." Der nächste Fall der Wachhunde war nicht so einfach zu lösen, weil Hund Fritz diesmal nichts beobachtet hatte, was zu dem oder zu den Tätern führt. Unbekannte hatten auf dem Parkplatz am Friedhof von mehreren Autos die Nummernschilder abgeschraubt und entwendet. An drei Abenden, nachdem das in der Zeitung stand, hat sich Hund Fritz am Friedhof aufgehalten, aber nichts passierte. „Sie kommen nicht noch einmal," sagte Fritz Hund. „Dann müssen wir sie ermitteln," sagte Heinz. „Das versucht die Polizei doch auch ergebnislos," sagte Fritz, „wie willst Du das anstellen?" „Wir setzen eine Belohnung aus," sagte Heinz. „Darauf werden sie sich nicht melden," sagte Annett. „Ach, weißt Du, solche Leute prahlen manchmal damit, was sie Tolles gemacht haben," sagte Fritz, „da hat der Heinz schon recht. Eine Belohnung könnte uns helfen, sie muss nur als Anreiz für einen Verräter hoch genug sein. Wer das liest, meint ja, wir wären einer der Autobesitzer, dem sie das Nummernschild gestohlen haben." Am Wochenende darauf stand eine Kleinanzeige in der Zeitung: *Tausend Euro Belohnung für einen Hinweis darauf, wer auf dem Parkplatz am Friedhof von meinem Auto die Nummernschilder entfernt hat. Vertrauliche Behandlung wird zugesichert.*" Und dazu eine Chiffrenummer. Und tatsächlich kam am folgenden Donnerstag eine Zuschrift von der Zeitung. Darin stand eine Handy-Nr.

und der Text: Für tausend Euro kann ich Ihnen den Namen nennen. Rufen Sie mich bei Interesse an. Seinen Namen und Absender hatte er nicht genannt. „Das ist ein Problem," sagte Fritz, „wir haben nur seine Handy-Nummer." „Er hat bisher gar nichts von uns," sagte Heinz, „er will ja irgendwie auch an das Geld kommen." „Wie wäre es, wenn Annett den ersten Kontakt aufnimmt?" schlug Fritz vor. „Das ist gut!" sagte Heinz. „Dann hat er meine Handynummer," sagte Annett. „Wir kaufen ein Handy, das wir nur für die Aktion Wachhunde benutzen," sagte Heinz.

Am Samstag rief Annett die Nummer aus dem Brief an. Erwartungsgemäß meldete sich eine Männerstimme mit „Hallo!?" „Mein Name ist Schneider," sagte Annett, „Sie haben auf mein Inserat geschrieben wegen des Nummernschildes. Und Sie kennen den Namen von dem, der es geklaut hat?" „Und ich bekomme tausend Euro dafür?" „Ja, Namen und Adresse, und ich gebe Ihnen dafür tausend Euro, so habe ich es ja zugesichert und so halte ich das auch." „Ist das nicht viel Geld?" sagte der Fremde. „Mir ist es die Sache wert," sagte Annett, „also, wo finde ich Sie? Sagen Sie mir Ihren Namen und Ihre Adresse?" „Gut so," flüsterte Fritz. „Nein, nein," sagte der Fremde, „wir treffen uns irgendwo in der Stadt." „Dann bringe ich aber sicherheitshalber meinen Bruder mit," sagte Annett. „Warum das denn?" „Ich weiß doch nicht, ob ich Ihnen vertrauen kann, wenn ich da mit so viel Bargeld ankomme! Für Sie ist das kein Risiko. Ich will nur den Namen und die Adresse, dann kriegen Sie von mir die tausend Euro, und wir sind uns nie begegnet."

„Meinetwegen," sagte der Fremde, „ich vertraue Ihnen. Sonntag um 18 Uhr am Eingang vom Minigolfplatz?" „Einverstanden!" Damit war das Telefongespräch beendet. „Der nimmt die tausend Euro, und wir haben keine Ahnung, wer er ist," sagte Heinz. „Solange kriegt er auch die tausend Euro nicht," sagte Fritz, „das mache ich ihm als Bruder von

Frau Schneider schon klar." „Ich geh auch mit," sagte Hund Fritz. „Ja klar, mein Hund," sagte Fritz Hund, „Du passt auf uns auf." „Ich werde dann da eine Runde Minigolf spielen," sagte Heinz, „dann bin ich auch in der Nähe."

Die Abwicklung am Sonntag ging leichter als gedacht. Der Fremde war ein junger ärmlich gekleideter Mann, der sehr nervös und ängstlich wirkte. „Der verkauft die Nummernschilder an eine Bande in Polen für geklaute Autos. Hier auf dem Zettel steht der Name und die Adresse," sagte er, „haben Sie die tausend Euro?" „Ja, natürlich!" sagte Annett. „Da ist noch eine Kleinigkeit," sagte Fritz, „zeigen Sie mir bitte Ihren Ausweis, damit ich weiß, dass Sie es ehrlich meinen und uns wirklich den richtigen Namen genannt haben. Wenn das alles stimmt, sehen wir uns ja nie wieder." „Und Sie haben unser Wort," ergänzte Annett, „dass von mir niemand erfährt, von wem ich die Information habe." Zögernd zeigte der Fremde Fritz seinen Personalausweis. Dann gab er

Annett den Zettel mit dem Namen und der Adresse. Als ihm Annett die tausend Euro gab, leuchteten seine Augen. So viel Geld hatte er wohl lange nicht besessen. „Lust auf ne Runde Golf?" fragte Heinz, der vom Minigolfplatz kam. Den ersten Teil der Aufgabe hätten wir erledigt," sagte Fritz Hund, „das ist ja gut gelaufen und sieht auch alles ganz seriös aus." „Du meinst, wir haben den richtigen Namen?" fragte Annett. „Da bin ich sicher!" sagte Fritz.

Valeri Schotkow hieß der Dieb von den Nummernschildern. Er wohnte in einem der Hochhäuser am Rande der Stadt. Valeri war ein Russlanddeutscher aus Kasachstan. Fritz Hund hatte in seinem Haus einen Kellerraum in eine Art Folterkammer umgebaut. In der Mitte des Raumes war ein Galgen montiert. An Bequemlichkeiten gab es dort nur eine Pritsche und einen Stuhl. „Hier werden wir es diesem Valeri abgewöhnen, anderen Leuten die Nummernschilder zu stehlen," sagte Fritz, als er Heinz und Annett den Kellerraum zeigte. „Willst Du ihn aufhängen?" sagte Heinz mit Blick auf den Galgen. „Nein, abschrecken," sagte Fritz. „Wir werden ihn hier ein paar Tage hungern und dursten und zittern lassen, habe ich mir überlegt," sagte Fritz. „Das Problem ist nur, wie kriegen wir ihn in den Keller?" „Darin sehe ich nicht das große Problem," sagte Heinz. „Ich habe mir auch Gedanken darüber gemacht, wie wir mit den Ganoven umgehen. Wir werden sie betäuben." „Betäuben?"

„Ja, mit einer Spritze aus dem Gewehr werden wir sie betäuben. So betäubt man zum Beispiel auch wilde Tiere, um sie vom Tierarzt untersuchen und behandeln zu lassen." „Das habe ich schon mal in einem Film gesehen," sagte Annett. „Du hast so ein Gewehr?" fragte Fritz. „Ja, ich habe so ein Gewehr. Und ich habe auch die passenden Betäubungsspritzen dazu. Nach einer halben Stunde sind sie wieder wach und ansprechbar. Dann sitzen sie bereits bei Dir im Keller." „Die Arbeit der Wachhunde scheint ja in Fahrt zu kommen," sagte Fritz Hund. „Holen wir uns den Valeri?" – „Holen wir uns den Valeri!!!"

Da war das Türschild V. Schotkow.
Heinz schellte. Als Valeri die Tür
öffnete, sagte Heinz: „O,
Entschuldigung, ich habe mich in der
Etage geirrt." Dann setzten sich
Annett, Fritz und Heinz gegenüber
von dem Haus in ihr Auto und
warteten ab. Es dauerte etwa zwei
Stunden, dann kam Valeri tatsächlich
aus dem Haus. Annett ging auf ihn
zu. „Hallo, Herr Schotkow," sagte sie.
Als er reagierte und ebenfalls grüßte,
gab sie den beiden im Auto ein
Zeichen, dass es sich tatsächlich um
Valeri Schotkow handelt. „Fahr mit
dem Auto näher ran," sagte Heinz.
Als Valeri von der Straße aus durch
das Auto verdeckt war, legte Heinz
das Gewehr an. Der Schuss war
lautlos, Valeri sank zusammen und
lag wenig später im Kofferraum des
Autos. „Ich werde das Gefühl nicht
los, dass ich jetzt selbst zum
Kriminellen werde," sagte Fritz. Sie
brachten Valeri in den Keller und
banden ihn an dem Stuhl fest. „Er
wird bald wieder aufwachen," sagte
Heinz. Als Heinz und Fritz eine halbe
Stunde später wieder nach ihm

gucken gingen, war Valeri wach. Er wirkte erstaunlich ruhig. „Wer seid Ihr? Wo bin ich hier? Habt Ihr mich hierhergebracht?" fragte er. „Das sind drei Fragen zu viel," sagte Fritz. „Was wollt Ihr von mir?" „Das ist schon die vierte Frage," sagte Heinz, „wir werden uns morgen mit Dir unterhalten. Spar deine Kräfte und bleib schön ruhig da sitzen. Du scheinst ja vernünftig zu sein. Wenn Du anfängst zu randalieren und zu lärmen oder zu rufen, dann müssen wir das mit einem Knebel unterbinden. Verstehst Du das?" Valeri nickte mit dem Kopf. „Aber Ihr könntet mich doch losbinden, damit ich mich nachts da hinlegen kann," sagte er. „Wenn Du so kooperativ bleibst, dann machen wir das," sagte Fritz. „Aber keine Tricks, mein Lieber, sonst haben wir andere Mittel." „Nein, keine Tricks," sagte Valeri, „bindet mich los." Das war schon erstaunlich, wie ruhig und gelassen er mit der Situation umging.

Am nächsten Morgen lag Valeri auf der Pritsche und schlief. „Hast Du ihn gestern Abend noch losgebunden?" fragte Heinz. „Nein!" „Dann hat sich dieser Drecksack selbst von den Fesseln befreit. Ich sage Dir, das ist ein Profi!" Valeri blinzelte mit den Augen. „Guten Morgen, Herr Schotkow," sagte Fritz. „Guten Morgen, Gentlemen," sagte Valeri. „Gibt es schon Frühstück?" „Vielleicht morgen oder übermorgen," sagte Heinz. „Ihr wollt mich verhungern lassen?" „Verhungern oder verdursten, mal sehen, was schneller geht. Verdient hast Du beides," sagte Fritz. „Und ich dachte, Ihr seid Gentlemen." sagte Valeri. „Seit wann bringt ein Gentleman dem Ganoven das Frühstück ans Bett?" fragte Heinz. „Was wollt Ihr von mir?" „Wir wollen, dass Du mit Deinen schmutzigen Geschäften aufhörst!" „Schmutzige Geschäfte? Wer sagt denn sowas? Was denn für Geschäfte?" „Du wirst noch darum betteln, uns alles erzählen zu dürfen," sagte Heinz. „Das muss ein Irrtum sein, ich bin ein ganz unbescholtener Mann." „Ja, und Deine Freunde in Polen sind alles Weihnachtsmänner!" „Freunde in Polen? Ich habe keine Freunde in Polen." „Nein, Du klaust auch keine Nummernschilder," sagte Fritz. „Aber jetzt haben wir es uns nun mal in den Kopf gesetzt, Dir das abzugewöhnen. Also musst Du schon Freunde in Polen haben und Nummernschilder geklaut haben, sonst hätten wir das ja alles ganz umsonst gemacht. Da musst Du schon ein bisschen Verständnis für uns haben." „Ihr seid ja verrückt! Ich kenne keine Polen und ich klaue auch keine Nummernschilder." Heinz zeigt auf den Galgen. „Vielleicht fällt es Dir wieder ein, wenn wir Dich da mal probe-hängen lassen. Wir haben noch mehr Spielzeug, das Du noch nicht kennst." „Ihr seid wirklich wahnsinnig." „Wir kommen nachher noch einmal wieder. Du kannst ja in der Zeit mal in Ruhe überlegen, ob Du uns etwas erzählen willst. Also bis nachher, Herr Schotkow." „Geht zur Hölle!" „Das hatten wir eigentlich eher für Sie vorgesehen!" „Ihr wollt

mich doch nicht umbringen?" „Das
Ende ist noch völlig offen," sagte
Fritz. „Aber es kommt dabei sehr auf
Sie an, Valeri!" sagte Heinz, „lassen
Sie es mich mal so formulieren:
Wenn Sie einsichtig sind und
kooperieren, sind Ihre
Überlebenschancen größer." „Also,
was muss ich tun?" „Geständnis
ablegen und hier in der Stadt kein
Diebstahl mehr, kein Vandalismus!"
„Ich habe doch nur einmal das eine
Nummernschild geklaut. Das war
eine Notlage!" „Geständnis, habe ich
gesagt. Gehen wir!" sagte Heinz zu
Fritz. „Ich habe Hunger und Durst!"
rief Valeri hinter ihnen her. Fritz kam
noch einmal zurück. „Müssen wir Sie
fesseln, oder geht das so?" „Das
geht so. Ist schon in Ordnung," sagte
Valeri.

Am dritten Tag fing Schotkow an zu randalieren. Er halte es nicht mehr aus vor Durst. „Bevor Du Dich selbst an den Galgen hängst, binden wir Dich lieber wieder am Stuhl fest," sagte Heinz. „Oder willst Du uns was erzählen?" fragte Fritz. Sie fesselten Schotkow wieder und steckten ihm einen Knebel in den Mund. So ließen sie ihn einen Tag und eine Nacht alleine. Am Tag darauf wirkte Schotkow entkräftet. „Du willst uns was erzählen?" fragte Fritz. Schotkow nickte mit dem Kopf. Heinz nahm ihm den Knebel aus dem Mund. „Wo sind die Nummernschilder?" fragte Heinz. „Bei mir zu Hause," sagte Schotkow. „Alle?" „Ja! Es sind ja nur zwei." „Und wo sind die anderen?" fragte Fritz. „Wenn nur eins fehlt, verlierst Du Deine beiden Daumen." „Es sind vier," sagte Schotkow. Ehrlich, vier Nummernschilder sind es." „Wir werden sie holen!" sagte Heinz, „gib uns Deinen Schlüssel und sag uns genau, wo wir sie finden." „In meiner Wohnung, in der Truhe im Flur." „Gib uns Deinen Schlüssel!" sagte Fritz.

Schotkow konnte ihnen den Schlüssel nicht geben, weil er gefesselt war. „In meiner Hosentasche. Der kleine ist für die Haustür, der große für die Wohnungstür. Kriege ich jetzt was zu trinken?" „Wenn wir die Schilder haben," sagte Fritz. Annett wollte die Schilder holen. „Das ist zu gefährlich," sagte Fritz. „Was ist, wenn sie ihn vermissen und Du in der Wohnung von einem Kumpanen empfangen wirst?" „Dann tauschen wir die Geiseln aus," sagte Heinz. „Bist du wahnsinnig!" sagte Fritz. „Nein, ich fahre!" Es ging alles reibungslos. In der Diele der Wohnung stand eine braune Truhe und darin fand Fritz tatsächlich die vier Nummernschilder, die Ivan Schotkow am Parkplatz des Friedhofs von den Autos abmontiert hatte. „Hol ihm was zu trinken," sagte Fritz, als er mit den Schildern zurückkam. „Und was machen wir dann mit ihm?" „Auf jeden Fall werden wir die Schilder der Polizei übergeben und ihr seinen Namen nennen. Die haben dann schnell die

Namen der Fahrzeughalter und können ihnen die Nummernschilder zurückgeben. Außerdem erwartet ihn natürlich eine Strafe." „Aber Du weißt doch, wie das geht," sagte Heinz, „sie lassen ihn wieder laufen, und er klaut die nächsten Autoschilder und schickt sie zu den Ganoven in Polen." „Das glaube ich nicht," sagte Fritz. „Klaust Du noch einmal Autoschilder?" fragte Fritz den Ivan. Heinz brachte ihm den Trinknapf von Hund Fritz. „Hier, trink!" Gierig trank Schotkow den ganzen Napf leer. „Nein!" sagte er.

„Wir erwischen Dich wieder," sagte Fritz, „aber beim nächsten Mal hacken wir Dir beide Daumen ab."

„Nein! Nein!" sagte Schotkow. „Müsst Ihr denn überhaupt zur Polizei deswegen?" „Ja, natürlich," sagte Heinz, „wer in diesem Land klaut, der muss dafür bestraft werden."

Sie banden ihm ein Tuch vor die Augen und fuhren ihn zu dem Haus seiner Wohnung zurück. „Den Galgen werden wir Dir noch einmal ersparen," sagte Heinz. „Und deine beiden Daumen lassen wir Dir auch noch, weil wir Dir vertrauen, dass Du nicht so dumm bist, noch einmal auf Tour zu gehen." „Nein! Nein!" sagte Schotkow noch einmal. „Steig aus, Du bist zu Hause," sagte Fritz, „und falls wir uns noch einmal begegnen, wir kennen uns nicht. Verstehst Du, wir kennen uns nicht." „Wir kennen uns nicht," wiederholte Schotkow. Er stieg aus dem Auto aus, riss sich das Tuch von den Augen und rannte zu seiner Wohnung.

„Und wie wollt Ihr das jetzt mit der Polizei machen?" fragte Annett. „Anonym", sagte Fritz, „aber doch ehrlich und wahrheitsgemäß." „Ehrlich und wahrheitsgemäß," wiederholte Heinz. „Ja, wir nennen nicht unsere Namen, aber wir schicken die Schilder an die Polizei. „Und was wollt Ihr sagen, woher Ihr die Schilder habt?" fragte Annett. „Dann werdet Ihr doch verdächtigt." „Deshalb sagen wir, dass wir die Wachhunde sind und darauf achten, dass unsere Stadt sauberer wird und den Ganoven ihr Handwerk gelegt wird." „Am besten gleich von dem Schreiben eine Kopie an die Presse," sagte Fritz. „Ja, natürlich!!!" „Also ein Brief mit den Schildern an die Polizei, den wir mit DIE WACHHUNDE unterschreiben." „Genau so machen wir das!" „Die können Euch doch nicht gewähren lassen," sagte Annett, „das ist doch nicht erlaubt, einfach selbst die Ganoven zu fangen und zu bestrafen." Fritz lachte. „Mädchen, ich habe Jura studiert, darauf wäre ich auch selbst gekommen, dass das

108

nicht erlaubt ist, was wir hier machen." „Aber wirksam," sagte Hund Fritz. „Er hat meinen ganzen Napf leer gesoffen." „Hast Du ein gutes Werk getan," sagte Fritz Hund, und sie lachten. „Dann lass mal ein Leckerchen rüberwachsen, Alter!" „Gut, dass er wieder aus dem Haus ist," sagte Annett, „so ganz wohl war mir nicht dabei." Heinz diktierte Annett den Brief an die Polizei, den sie mit den Schildern abschickte. „Eine Kopie an die Zeitungsredaktion," sagte Heinz.

Am übernächsten Tag stand ein Artikel in der Zeitung mit der dicken fetten Überschrift: UNGLAUBLICH. Und dann war zu lesen, dass die von den Autos am Friedhofsparkplatz entwendeten Nummernschilder wieder aufgetaucht sind und sich die Absender DIE WACHHUNDE nennen, die angeblich den Dieb gefasst haben und in der Stadt dafür sorgen wollen, dass Diebe und Vandalen gefasst und bestraft werden. Heißt das jetzt, dass die Bürger inzwischen selbst Polizei spielen in dieser Stadt? Oder ist das Ganze ein Scherz? Eine Rückfrage unserer Redaktion bei der Polizei ergab, dass wir hier nicht im Wilden Westen leben und dass man die Sache im Auge behalten werde.......

„Hund Fritz, erinnerst Du Dich an unseren Prozess und an den Drecksack, der den Giftköder ausgelegt hatte?" fragte Fritz Hund. „Und ob ich mich an den Drecksack erinnere," sagte der Hund, „der hat fast die Nelly umgebracht." „Ja, und vor ein paar Tagen ist er vorzeitig aus dem Gefängnis entlassen worden, und nun ist ein Hund daran gestorben, dass er einen Giftköder gefressen hat." „Alter, und Du meinst, das ist er wieder?" „Ich weiß es nicht. Aber Du könntest Dich mal an seine Fersen heften. Du weißt ja, wo er wohnt." „Das werde ich machen," sagte der Hund. Am nächsten Tag kam Hund Fritz nach Hause gerannt. Er war ganz außer Atem. „Chef, wir müssen sofort was unternehmen. Ich weiß drei Stellen, an denen der Drecksack Giftköder ausgelegt hat."

Fritz Hund fuhr sofort mit Hund Fritz los und ließ sich die Stellen zeigen. Dort stellte er die Köder sicher. Dann rief Fritz Hund seinen Freund Heinz an. „Wir müssen etwas unternehmen!" „Ein

Wiederholungstäter," sagte Heinz, „da muss eine nachhaltige Strafe her." Sie fuhren gemeinsam zu dem Haus, in dem der Mann wohnte. Heinz hatte sein Gewehr mit der Betäubungsspritze mit. Zwei Stunden warteten sie vor dem Haus, dann endlich kam der Mann heraus und ging in seinen Garten hinter dem Haus. Heinz folgte ihm bis zum Gartentor. Dort legte er das Gewehr an. Ein lautloser Schuss, und der Hundemörder sank zu Boden. „Komm, Fritz, schaffen wir ihn in den Kofferraum." Sie legten den betäubten Mann in den Kofferraum des Autos und brachten ihn in die Kanzlei. Heinz hatte eine Arzttasche mit. „Annett, das ist nichts für Frauen, was ich jetzt mache," sagte Heinz, „Du solltest bitte nebenan warten." Annett verließ den Raum. „Was hast du vor?" fragte Fritz. „Wir amputieren ihm einen Daumen," sagte Heinz. „Das willst du wirklich tun?" „Ja, er muss lernen, dass man so etwas nicht ungestraft machen darf!" Heinz nahm eine kleine Knochensäge und Verbandszeug aus der Arzttasche. Es dauerte nur wenige Minuten, da hatte er dem Hundemörder den rechten Daumen abgesägt und die Wunde verbunden. „Jetzt muss es schnell gehen, bevor er aufwacht," sagte Heinz, „wir bringen ihn zur weiteren Versorgung zum Krankenhaus." Fritz schrieb auf einen Zettel „Dies ist ein Hundemörder, die Wachhunde" und heftete ihn dem Mann an den linken Daumen. Dann fuhren sie los ins Krankenhaus und setzten den Mann in der Notaufnahme auf einen Stuhl. „Das hat ein Mediziner gemacht," sagte einige Zeit später der Notarzt, „die Wunde ist vorschriftsmäßig versorgt. Man hat ihm den Daumen abgenommen!" Dann verständigte der Notarzt die Verwaltung. Und diese informierte die Polizei. „Die Wachhunde," sagte der Kommissar, „hatten wir nicht schon mal so einen Fall?" „Die haben uns die gestohlenen Autoschilder geschickt," sagte sein Vertreter. „Und jetzt verfolgen sie Hundemörder und amputieren ihnen die Daumen?" sagte der Kommissar, „da scheint uns ja wirklich einer ins Handwerk zu pfuschen." „Wie meinen Sie das, Chef? Wir amputieren doch keine Daumen!" „Idiot!" sagte der Kommissar. Der Pressesprecher des Krankenhauses hatte inzwischen auch die Zeitungsredaktion über den Patienten informiert. „Wir hatten darüber berichtet," sagte der Redakteur, „der Mann hat Giftköder ausgelegt. Und ein Hund ist daran gestorben. Dann muss es sich wohl bei den Wachhunden um Tierfreunde handeln, wenn sie ihm dafür einen Daumen abgenommen haben!" „Ja, Tierfreund und ein Arzt," sagte der Pressesprecher des Krankenhauses, der Daumen wurde ganz fachmännisch entfernt und medizinisch versorgt." „Das ist ja interessant. Das ist ja sehr interessant! Haben Sie schon die Personalien von dem Mann?" „Nein, das prüfen wir noch. Aber wir gehen davon aus, dass er es uns selbst bald sagen kann, wer er ist." „Und wie das passieren konnte?" „Ob er das überhaupt weiß, ist fragwürdig. Nach Auskunft unserer Ärzte war er

betäubt, als man ihn in unserer Notaufnahme einfach absetzte."
„Das ist ja interessant. Das ist ja sehr interessant!" sagte der Redakteur der Zeitung wieder. Am folgenden Samstag brachte die Tageszeitung einen großen Beitrag darüber mit dem Aufmacher: „Die Wachhunde unserer Stadt haben wieder zugeschlagen!" Der Polizeikommissar regte sich wahnsinnig darüber auf, dass die Öffentlichkeit darüber auf diese Art und Weise informiert worden war. Schließlich wusste niemand, wer die Wachhunde sind, und ihr Handeln ist illegal. Annett, Heinz, Fritz Hund und Hund Fritz hingegen amüsierten sich über den Zeitungsbericht. „Die Gangster lesen das auch," sagte Fritz Hund. „Hoffen wir auf eine abschreckende Wirkung!" ergänzte Heinz. Jedenfalls freute es die Wachhunde, dass es erste Erfolge gab. „Der Polizei wird das nicht gefallen," vermutete Fritz ganz richtig. „Vielleicht sollten wir in Zukunft selbst Presseberichte herausgeben," schlug Annett vor.

Und Hund Fritz merkte an: „Wer ist denn eigentlich dem Täter wieder auf die Spur gekommen? Ein Leckerli sollte es schon sein!" „Du hast recht, mein Hund, das hast Du Dir verdient," sagte Fritz Hund und gab dem Hund ein paar Leckerlis. „Aber von alleine kann ein Jurist wohl nicht auf so eine Idee kommen, mal eine Belohnung rüberwachsen zu lassen, oder?" sagte der Hund. „Alte undankbare Töle!" sagte der Anwalt. „Was ist denn los?" fragte Annett. „Ach nichts," sagte Fritz, „der Hund und ich haben nur ein paar Nettigkeiten ausgetauscht."

„Habt Ihr das im Stadt-Anzeiger mit dem Kolumbarium gelesen?" fragte Heinz. „Was ist mit dem Kolumbarium?" fragte Fritz. „Da haben wieder die Russen randaliert!" „Ja, ja," sagte Annett, „das habe ich auch gelesen. Da werden wieder voreilig die Russen beschuldigt. Und hinterher stellt sich heraus, dass es Deutsche waren." „So wird in Deutschland der Hass auf die Ausländer geschürt," sagte Fritz, „dann brauchen wir uns nicht zu wundern, dass die Leute auf die Straße gehen und die AfD wählen." „Du meinst, es waren gar nicht die Russen?" fragte Heinz. „Ich weiß es nicht. Vielleicht waren es auch Afrikaner oder Preußen." „Oder Kölner oder Bochumer," sagte Annett lachend. „Ja, natürlich, wir wissen es nicht," sagte Fritz, „es sind nicht immer die Russen, die unsere Städte unsicher machen." „Das hat die Presse auch nicht behauptet," sagte Annett. „Aber was sind das für Menschen, die ein Kolumbarium verwüsten?" sagte Heinz. „Das ist Abschaum!" sagte Fritz. „Man sagt, der Täter kommt immer an den Tatort zurück. Wäre das nicht eine Aufgabe für Hund Fritz, sich da mal ein bisschen aufzuhalten?" „Eine ehrenwerte Aufgabe für mich," sagte der Hund. „Dann lass mal ein Leckerli als Vorschuss rüberwachsen, Alter!" „Der Köter ist schon ein richtiger Detektiv," sagte Fritz, „bevor er an die Arbeit geht, will er erst mal einen Vorschuss." „Ich bringe ja auch Arbeitsergebnisse, die das rechtfertigen," sagte der Hund. „Töle, Du hast recht. Komm, es gibt ein Leckerli."

„Das Gesindel ist nachtaktiv," sagte Fritz Hund, „Du brauchst Dich erst mit Einbruch der Dunkelheit auf den Weg zu machen." Drei Abende und Nächte stromerte Hund Fritz durch die Straßen der Stadt, tauchte immer wieder am Kolumbarium auf. Dann fielen ihm drei junge Burschen auf. Zwei davon sprachen gebrochenes Deutsch. „Gucken Sie sich das an, Herr Kollege," sagte zwei Wochen später der junge Arzt in der Notaufnahme des Krankenhauses, „da sitzt schon wieder einer mit einem abgesägten Daumen. Wir müssen die Polizei informieren!" „Er hat einen Zettel an der Hand: ."Schänder des Kolumbariums. – Die Wachhunde."

„Ich habe die Zeitung mitgebracht,“ sagte Annett.“ „Gibt es was Neues im Lokalteil?“ fragte der Anwalt. „Da steht, dass sich der Ordnungsdienst immer mehr Beleidigungen anhören muss und die Bürger immer mehr zu Respektlosigkeit und Aggressivität entwickeln.“ „Das kann man so pauschal nicht sagen, dass sich die Bürger immer mehr dazu entwickeln,“ sagte Fritz Hund. „Es ist zum Glück eine Minderheit, die immer dreister und unverschämter wird. Da zeigt meines Erachtens auch die Polizei zu viel Verständnis und Zurückhaltung, weil sie sofort an den Pranger gestellt wird, wenn sie hart durchgreift.“ „Ja,“ sagte Annett, „das steht hier auch, „man verwechselt oft Täter und Opfer, wenn irgendwo die Gewalt eskaliert.“ „Moin!“ sagte Heinz, der gerade gekommen war, „seid Ihr schon bei der Zeitungslektüre? Auf der Bahnhofstraße haben sich in der vorletzten Nacht zwei Raser eine Wettfahrt geleistet und anschließend

die Polizisten beleidigt und bedroht."
„Darüber haben wir gerade gesprochen, dass die Aggressivität immer mehr zunimmt," sagte Fritz Hund. „Ich kenne das Nummernschild von den Rasern," sagte Hund Fritz, „da war ich gerade auf Streife." „Du kennst die Kennzeichen?" fragte Fritz Hund. „Wer kennt die Kennzeichen? Ich kenne keine Kennzeichen von nächtlichen Rasern," sagte Heinz. „Nein, ich meine Dich nicht," sagte Fritz Hund. Hund Fritz sagte mir gerade, dass er die Kennzeichen von den Rasern kennt, weil er dort gerade unterwegs war in der besagten Nacht." „Ist das ein Fall für uns?" fragte Annett. „Ich denke schon," sagte Heinz. „Da gab es auch schon Anklagen wegen Mord, weil sie bei ihrer Raserei einen Menschen überfahren haben." „Wir sollten uns mal darum kümmern," sagte der Anwalt. „Fritz, sag mir mal die Nummern der Kennzeichen von den Rasern." Hund Fritz sagte dem Anwalt die Nummern, die dieser notierte. „Jetzt brauchen wir nur noch

die Halter der beiden Fahrzeuge,"
sagte Heinz. „Ich kümmere mich
darum," sagte Annett. „Die Strafe
sollte aber angemessen bleiben,"
sagte Fritz Hund. „Natürlich," sagte
Heinz, „da fließt kein Blut, und das
kostet keinen Daumen!" „Wir
brauchen zwei Polizeiuniformen,"
sagte Fritz. „Die bekommen wir im
Kostümverleih," wusste Annett. „Ich
kümmere mich auch darum."

Fritz und Heinz sahen richtig gut aus in der Polizeiuniform, so richtig nach Obrigkeit. „Ihre Fahrzeugpapiere und den Führerschein bitte," sagte Fritz Hund dem jungen Mann am Steuer des Wagens. Der junge Mann händigte ihnen die Unterlagen aus. „Und den Autoschlüssel bitte," sagte Heinz. „Habe ich was verbrochen?" fragte der junge Mann und grinste dabei. „Ja, das kann man so sagen!" sagte Fritz. „Sie waren auf der Bahnhofstraße an einer Raserei beteiligt. Das haben Sie doch sicher auch in der Zeitung gelesen, was Sie für ein toller Hecht sind." „Wieso, woher, wer sagt das?" stammelte der junge Mann. „Steigen Sie aus!" sagte Heinz. „Ihre Zulassung und Führerschein werden vorerst eingezogen, und das Auto wird abgeschleppt." „Dürfen Sie das denn überhaupt?" fragte der junge Mann. „Wir dürfen!" sagte Heinz, „bevor Sie mit Ihrem Unfug einen tot fahren, dürfen wir das! Und jetzt steigen Sie aus und gehen Sie. Sie bekommen eine schriftliche Benachrichtigung mit einer Bestätigung des Vorgangs und natürlich eine Anzeige. „Können wir das nicht mit Geld regeln? Mein Vater ist Bauunternehmer, es kommt nicht auf ein paar Euro an." „Mein lieber junger Freund," sagte Fritz, „wir haben das überhört. Sie sollten jetzt nicht auch noch einen Bestechungsversuch der Polizei riskieren!" „Und wenn der Betrag fünfstellig ist?" „Was haben Sie an den Worten meines Kollegen nicht verstanden?" sagte Heinz. „In Dresden ist gerade bei einem Straßenrennen von so Verrückten ein sechsjähriger Junge angefahren worden und im Krankenhaus verstorben. Es ist nicht Euer Verdienst, dass hier so etwas nicht passiert ist. Bevor es noch schlimmer für Sie wird mit einem Bestechungsversuch, machen Sie jetzt, dass Sie wegkommen. Sie hören schriftlich von uns." Der junge Mann murmelte noch etwas von blöden Bullen und trottete davon. Am Abend packte Annett Kopien der Zulassung und  des Führerscheins sowie den Autoschlüssel in einen gefütterten Briefumschlag und schickte es an die örtliche Polizeidienststelle. In dem Begleitbrief stand: *„Sehr geehrte Damen und Herren, hiermit übersenden wir Ihnen Kopien von Fahrzeugbrief und Führerschein sowie den Autoschlüssel eines der Fahrer, die sich auf der Bahnhofstraße das Rennen geliefert haben. Der Wagen steht in der Peterstraße vor dem Haus-Nr. 26. Voraussichtlich werden wir Ihnen in den nächsten Tagen die gleichen Unterlagen auch von dem zweiten Raser zusenden. Die Originale der Papiere werden wir einstweilen noch nicht herausgeben, weil wir es für angemessen halten, dass solche Leute für einen längeren Zeitraum nicht am Straßenverkehr teilnehmen. Mit freundlichen Grüßen, die Wachhunde."*

„Schon wieder diese Wachhunde!"
sagte der Revierleiter. „Ich werde
wahnsinnig!" „Was sind das für
Leute?" fragte sein Mitarbeiter.
„Idioten!" sagte der Revierleiter.
„Idioten, die unsere Arbeit machen!
Woher haben diese Leute die
Information, wer nachts an der
Raserei beteiligt war? Woher haben
sie die Kenntnis, wer im
Krematorium gewütet hat? Woher
haben sie die
Hintergrundinformationen über den
Vandalismus in dieser Stadt?"
„Vielleicht gibt es eine undichte
Stelle bei der Polizei!?" sagte sein
Mitarbeiter. „Sie Blödmann!" sagte
der Revierleiter, „die Polizei sind wir,
und wir haben doch diese
Informationen gar nicht!!!" „Ach ja,
Chef, das ist auch wieder richtig!"

„Vandalismus an verschiedenen Stellen der Stadt, beschmierte Hauswände, beschädigte Autos und zwei eingeschlagene Fensterscheiben," las Annett aus der Zeitung vor. „Primelweg 11," sagte Hund Fritz. „Du weißt, wer es war?" fragte Fritz Hund. „Einer davon wohnt im Primelweg 11," sagte der Hund, „den habe ich in der Nacht bis zur Haustür verfolgt." „Wer weiß, wer es war?" fragte Heinz. „Der Hund weiß es," sagte Fritz Hund. „Wir finden ihn im Primelweg 11." „Na, Hund Fritz macht uns die Arbeit aber leicht," sagte Annett. „Du bist ja ein einmaliger Hund!" Fritz wedelte mit dem Schwanz und freute sich über das Lob. „Lass ein Leckerli rüberwachsen, Alter," sagte er. „Was soll es dafür für eine Strafe geben?" fragte Heinz. „Auf jeden Fall den Schaden ersetzen," sagte Fritz Hund, „das wird ihm hoffentlich schon eine Lehre sein." „Sie waren zuerst zu dritt, dann zu zweit," sagte der Hund. „Wenn wir einen schnappen und zur Rechenschaft ziehen, sollte das reichen," sagte

Fritz Hund, „er wird sich schon an seine Kumpanen wenden, um nicht den ganzen Schaden alleine tragen zu müssen." „Na gut, Tulpenweg 11. Danke, Hund Fritz!" sagte Heinz. „Primelweg! „Wo bleibt das Leckerli?" sagte der Hund. „Er ruft nach einem Leckerli, Annett. Übernimmst du das bitte?" „Aber gerne! Komm her, mein Hund!" Es gab gleich drei Leckerlis von Annett. „Das lob ich mir!" sagte der Hund und wedelte heftig mit dem Schwanz. „Annett weiß, was man einem Wachhund schuldig ist, der sich für euch die Nächte um die langen Ohren haut!" „Ja, ja, mein Hund!!!" sagte Fritz Hund. „Was hat er gesagt?" fragte Annett. „Er hat gesagt, ihm ist es egal, wer ihm die Leckerlis gibt," sagte Herr Hund. „Ich schiff dir gleich ans Bein!" sagte der Hund." „Nein, nein, nicht wirklich," korrigierte der Anwalt, „der Hund hat gesagt, Annett weiß, was man einem Wachhund schuldig ist, der sich für uns die Nächte um die Ohren haut." „Ja, das weiß ich auch zu schätzen," sagte Annett. Bisher ist Hund Fritz ja

unser bester Mann." „Das tut so gut!"
sagte der Hund. „Aber wo sie recht
hat, hat sie recht!"

„Was wollen Sie von mir?" fragte der Halbwüchsige, der gerade mit seinem Fahrrad aus dem Haus Primelweg 11 gekommen war. Fritz und Heinz hatten ihn dort abgefangen. „Wir wollen mit Dir über den Schaden sprechen, den Du in der Stadt verursacht hast." „Welchen Schaden?" „Er scheint sehr vergesslich zu sein," sagte Heinz. „Beschmierte Wände, beschädigte Autos, zerstörte Scheiben." „Das muss mir erst mal einer beweisen," sagte er. „Darum mach Dir mal keine Sorgen, das wird die Polizei schon machen, wenn wir ihr Deinen Namen genannt haben. Und die sollen sich auch darum kümmern, wie Du die Schäden finanziell wieder ausgleichst." sagte Fritz. „Wir kümmern uns jetzt erst mal nur um die eingeschlagene Fensterscheibe bei Frau Schmitz. Die Frau ist nämlich völlig verzweifelt. Sie hat gerade erst ihren kleinen Laden eröffnet. Gib mal Dein Handy her!" „Nee!" sagte der Junge. Heinz drehte ihm ein Ohr um. „Dein Handy bitte!"

Der Junge gab Heinz sein Handy.
„So," sagte Heinz, „das Handy und
Dein Fahrrad nehmen wir schon mal
als Anzahlung für Deinen
Vandalismus mit. Du hörst dann von
der Polizei, wie es weiter geht und
wirst da ja sicher mit einer deftigen
Anzeige und Strafe rechnen
können." „Ihr könnt mir doch nicht
einfach mein Handy und mein
Fahrrad wegnehmen! Wer seid ihr
überhaupt?" „Doch, wir können,"
sagte Fritz, „Du siehst doch, dass wir
können!" „Papaaaaaa!!!!" rief der
Junge. Es kam aber kein Papa.

„Was glauben Sie, wer uns hier gerade den Namen von einem jungen Mann mitteilt, der in der Stadt die Wände beschmiert und die Autos beschädigt hat?" fragte der Revierleiter der örtlichen Polizeidienststelle. „Die Wachhunde!" sagte sein Mitarbeiter. „Jawohl, die Wachhunde! Zum Teufel, woher haben die diese Informationen? Bisher stimmte das ja alles, was sie herausgefunden haben." „Dann wird es auch diesmal stimmen," sagte der Mitarbeiter. „Ja, Sie Blödmann, dann wird es auch diesmal stimmen. Und teilen uns ganz lapidar mit, sie hätten schon das Handy und das Fahrrad vom Täter beschlagnahmt als erste Sicherheit für den Schaden der eingeworfenen Fensterscheibe. Was bilden diese Leute sich ein? Was haben die zu beschlagnahmen? Wenn hier einer was beschlagnahmt, dann sind wir das!" „Jawohl, Chef!" „Sie warten doch auf eine Beförderung." „Jawohl, Chef!" „Dann bringen Sie mir die Namen dieser Wachhunde!!!" „Jawohl, Chef! Und wie soll ich das machen?" „Blödmann! Wenn ich das wüsste, hätte ich sie schon längst." „Jawohl, Chef!" „Und sagen Sie nicht immer jawohl Chef." „Jawohl, Chef!" „Sie glauben doch immer, dass Sie intelligenter und schlauer sind, als Ihre Vorgesetzten."

„Selbstverständlich, Chef, jawohl, Chef."

„Warum nennst Du Annett Mount Everest, Hund Fritz?" „Weil ich den Eindruck habe, dass sie sehr selten bestiegen wird!" „Blöde Töle!" sagte Fritz Hund, „kümmere Dich um Deine Liebschaften. Was ist mit Nelly?" „Gegenfrage: Was glaubst Du, warum ich so gerne auf Streife gehe? Ehrlich, Alter, Du solltest ihr mehr Deine Liebe zeigen, bevor sie sich in freier Wildbahn nach anderen Rüden umsieht." „Rüden?" „Männer!" „Was redet er da?" fragte Heinz die Annett, die gerade gemeinsam reingekommen waren. „Er spricht mit seinem Hund," sagte Annett, „das macht er öfter. Chef, in der Zeitung steht, dass der Schläger wieder zugeschlagen hat. Einen älteren Herrn, der den Streit schlichten wollte, hat er so zusammengeschlagen, dass dieser stationär ins Krankenhaus musste. Hier steht, diesmal kommt er nicht mit einer Bewährungsstrafe davon, hat der Amtsrichter gesagt. Peter W. habe schon dreimal wegen Störung des öffentlichen Friedens, Beamtenbeleidigung und schwerer

Körperverletzung vor Gericht gestanden, immer kam er glimpflich mit einer Bewährungsstrafe davon. Er sei wohl unbelehrbar, sagte der Richter. „Kennen wir den richtigen Namen von diesem Peter W.?" fragte Heinz. „Ja," sagte Herr Hund, „ich kenne vom Gericht seine Akte." „Und welche Strafe wäre aus unserer Sicht angemessen?" „Man sollte ihn vielleicht mit seinen eigenen Waffen schlagen," sagte Annett, „es mal mit einer gehörigen Tracht Prügel versuchen." „Die Idee ist gut," sagte Heinz, „aber es wird eine sehr ordentliche Tracht werden. Fritz, wenn Du weißt, wer es ist, dann holen wir ihn uns."
„Betäubungsgewehr?" „Ja, Betäubungsgewehr!"
Am Nachmittag saß Peter W. nackend und gefesselt auf dem Stuhl im Folterkeller, als er aus der Betäubung erwachte. „Wer seid Ihr? Wie bin ich hierhergekommen? Was wollt Ihr von mir?" „Das sind viele Fragen auf einmal," sagte Fritz. „Wir wollen Dir mal zeigen, wie das ist, wenn man nicht der Schläger ist,

sondern das Opfer." „Wer seid Ihr?"
fragte Peter W. wieder. „Das hörst
Du doch," sagte Heinz, „wir sind Du!
Wir sind jetzt diejenigen, die die
Prügel austeilen und Du bist jetzt
der, der sie einsteckt." Fritz und
Heinz nahmen sich die Gürtel aus
der Hose. „Schau mal, was wir hier
haben!" sagte Fritz. Wir werden jetzt
bis fünfzig zählen, ich sage eins,
und mein Freund sagt und, dann
sage ich zwei, und mein Freund sagt
wieder und. Und jedes Mal
bekommst Du von jedem einen
Schlag mit dem Gürtel. Das sind
dann hundert Schläge. Dort steht ein
Wecker, siehst Du den? Da kannst
Du selbst erkennen, wann wir
wiederkommen. Bis morgen früh
kommen wir in jeder Stunde, und Du
darfst Dich auf hundert Schläge
gefasst machen." „Ihr seid ja
verrückt!" sagte Peter W. „Ich bin
gespannt, wie Du morgen früh
darüber denkst," sagte Fritz. „Es geht
los! – Eins", „und," „zwei", „und",
„drei", „und," „vier",
„und".......zwischendurch ein paar
Schreie von Peter W, und"…

"fünfzig", „und! – Das war's. Siehst Du, so fühlt sich das an, wenn man derjenige ist, der die Prügel bekommt. Erhol Dich gut, wir sind in einer Stunde wieder da!" –
„Ich habe blaue Flecken am Körper!" sagte Peter W., als Fritz und Heinz nach einer Stunde wiederkamen. „Das war doch erst der Anfang," sagte Fritz, und Heinz ergänzte: „Das kriegen wir noch besser hin. Der alte Herr, den Du zusammengeschlagen hast, liegt auch nicht zum Kaffeetrinken im Krankenhaus. – Schau mal, was wir Dir mitgebracht haben, zwei Wäscheleinen." „Dann wollen wir keine Zeit verlieren," sagte Fritz, - eins", „und", „zwei", „und", „drei". Hundert Schläge mit der Wäscheleine verfehlten ihre Wirkung nicht. Peter W. saß wie ein Häufchen Elend angeschnallt auf dem Stuhl. „Ich kann nicht mehr!" sagte er. „Oh, Du kannst noch!" sagte Heinz, „Du kannst doch, wenn Du der Schläger bist. Das ist doch wichtig, dass man auch mal merkt, wie sich der andere fühlt." „Was du nicht willst, das man

dir tu, das füg auch keinem anderen zu," sagte Fritz. „Kennst Du das schöne Sprichwort nicht? Oh doch, Du kannst noch. Du kannst noch bis morgen früh. In einer Stunde sehen wir uns wieder." –

Pünktlich eine Stunde später waren Fritz und Heinz wieder im Folterkeller. „Schau mal, was wir dieses Mal mitgebracht haben. Zwei schöne Stöcke." „Damit wollt Ihr mich schlagen? Hundert Schläge mit den Stöcken? Dann bin ich tot!" „Nun wollen wir doch nicht gleich das Schlimmste annehmen," sagte Fritz, „der alte Herr im Krankenhaus ist ja auch nicht tot und hat viel mehr einstecken müssen." „Halten wir uns nicht mit langen Reden auf," sagte Heinz. „Eins", „und", „zwei," „und", „drei"…….„fünfzig", „und – das war's!" „In genau einer Stunde sehen wir uns wieder." „Das war genug! Ich kann nicht mehr!" sagte Peter W. „Das musst Du uns schon überlassen, wann es genug war. Achte auf die Uhr, in einer Stunde geht es weiter." Und in einer Stunde waren Fritz und Heinz wieder da.

138

„Diesmal wird es was ganz Besonderes für Dich," sagte Fritz, „schau mal, wir haben Brombeerzweige mitgebracht." „Da sind Stacheln dran," sagte Peter W. „Das macht doch nichts!" sagte Heinz, „wir haben unten die Stiele mit Klebeband umwickelt. Außerdem haben wir Handschuhe an. Mach Dir also um uns keine Sorgen. Wir werden uns an den Stacheln nicht stechen." „Eins", begann Fritz, „und", „zwei," „und", „drei", „und", „vier", „und". Peter W. schrie laut vor Schmerzen und vielleicht auch vor Wut, dass er diesen beiden Männern so ausgeliefert war. „Achtundvierzig," „und", „neunundvierzig", „und", „fünfzig," „und. Du hast es wieder geschafft, Peter. Na, wie fühlt man sich als Opfer?" „Ich habe den ganzen Oberkörper voll Stacheln!" „Die eitern wieder raus," sagte Heinz. „Erhol Dich gut, in einer Stunde sind wir wieder hier." „Ihr seid Schweine!" sagte Peter W. „Mein lieber Freund," sagte Fritz, „an Deiner Stelle wäre ich ganz vorsichtig mit solchen Sprüchen. Du sitzt hier nackend angeschnallt in unserer Folterkammer. Wir hätten noch mehr Ideen, was man mit einem Schläger wie Dich alles machen kann. Also ganz vorsichtig, mein Freund!!!" „Der ist immer noch nicht kuriert," sagte Heinz. „Es gibt ja auch noch eine Zugabe!" sagte Fritz. –

Nach einer weiteren Stunde waren Fritz und Heinz wieder in der Folterkammer. Peter W. saß da zusammengesackt auf dem Stuhl und sah leidend aus. Sein nackter Körper war gezeichnet von den vielen Schlägen, die er in den letzten Stunden hatte einstecken müssen. Fritz und Heinz steckten sich jeder eine Zigarette an, „eins", „und", „zwei", „und"…und hielten Peter W. jedes Mal die Glut auf die Haut. Das Zählen wurde übertönt durch die lauten Schreie von Peter W., da sie vor keinem Körperteil Halt machten. Als Fritz und Heinz bei der Zahl fünfzig angekommen waren, schien Peter W. vor Schmerzen einer Ohnmacht nahe zu sein. -

Am nächsten Morgen rief ein Jogger bei der Polizei an und meldete, dass im Stadtpark ein offenbar kraftloser verletzter nackter Mann reglos auf einer Bank liegt. Einige Tage später sagte Annett: „Jetzt steht die Geschichte in der Zeitung. Wie der Amtsrichter mitteilt, musste die Verhandlung gegen Peter W. vertagt werden, da dieser ein ärztliches Attest vorgelegt hat, wonach er nicht verhandlungsfähig ist. Der Anwalt von Peter W. hätte jedoch dem Gericht mitgeteilt, dass sein Mandant ein umfängliches Geständnis ablegen und keine Schlägerei mehr anzetteln oder sich an einer solchen beteiligen werde." „Na bitte," sagte Fritz, „unsere Methode hat mehr gefruchtet als drei Bewährungsstrafen." „Was du nicht willst, das man dir tu, das füg auch keinem anderen zu," sagte Hund Fritz. „Habt Ihr das gehört?" sagte Fritz Hund. „Natürlich habt Ihr es nicht gehört. Ihr könnt es ja nicht hören. Hund Fritz zitiert deutsche Sprichwörter." „Was hat er gesagt?" „Was du nicht willst, das man dir tu…" „Was für ein intelligenter Hund!" sagte Annett. „Das können andere

Hunde auch," sagte Hund Fritz, „es hört nur keiner. Dazu ist der Durchschnittsmensch zu dumm!" „Das werde ich jetzt mal für mich behalten," sagte Fritz Hund. „Chef, weißt Du, dass wir heute noch eine Mandantin haben?" fragte Annett. „Ja, mein Schatz, die Dame, der die Nachbarn den Rasenmäher geklaut haben."

„Dann erzählen Sie mal in aller Ruhe," sagte der Anwalt zu der Mandantin. Die Dame wirkte etwas hektisch und zerfahren. „Die beklauen mich!" sagte sie. „Wer beklaut Sie?" „Meine Nachbarn. Die von schräg gegenüber." „Ihre Nachbarn von schräg gegenüber beklauen Sie also. Ist das schon öfter passiert?" „Ja natürlich! Sie beklauen mich immer wieder. Diesmal haben sie mir den Rasenmäher geklaut." „Und dafür gibt es Beweise?" „Natürlich gibt es dafür Beweise. Sie mähen ja damit ihren Rasen. Das habe ich doch selbst gesehen." „Haben Sie Ihre Nachbarn mal darauf angesprochen?" „Ja natürlich!" „Und was sagen die dazu?" „Die streiten das ab und drohen mir sogar mit einer Anzeige wegen übler Nachrede, wenn ich mit solchen Behauptungen nicht aufhöre. Stellen Sie sich das mal vor, Herr Anwalt. Die beklauen mich und wollen mich anzeigen, dass ich das nicht sagen darf." „Haben Sie es denn auch

anderen Leuten gesagt?" „Ja
natürlich. Den anderen Nachbarn.
Die müssen ja wissen, mit welchen
Leuten wir da zusammenwohnen.
Ein Päckchen von meiner Tochter
mit einem Geburtstagsgeschenk für
mich haben sie mir auch geklaut."
„Jetzt klären wir das erst mal mit
dem Rasenmäher," sagte der
Anwalt. „Sie machen am besten jetzt
gar nichts, reden auch vorerst mit
keinem Nachbarn darüber." „Und
wenn mich einer fragt?" „Dann sagen
Sie, die Sache wäre beim
Rechtsanwalt und Sie könnten sich
zu mehr im Moment nicht äußern.
Ist das so in Ordnung für Sie?" „Ja,
Herr Anwalt!" „Also keine weiteren
Anschuldigungen, sondern abwarten,
bis ich mich zu einem neuen Termin
wieder melde." „Ja, Herr Anwalt.
Meinen Kugelgrill haben sie auch
geklaut!" „Ich kümmere mich darum,
gnädige Frau!" „Danke, Herr Anwalt!"

Bei dem besagten Nachbarn handelte es sich um einen netten, alten, alleinstehenden Herrn. Fritz Hund hatte Annett gebeten, ihn dorthin zu begleiten. „Guten Tag, mein Name ist Fritz Hund. Ich bin Anwalt und vertrete die Interessen Ihrer Nachbarin." „Ich weiß Bescheid," sagte der alte Herr lächelnd. „Und das ist meine Assistentin Annett," sagte Fritz Hund. „Sehr angenehm!" „Sie haben Ihrer Nachbarin mit einer Anzeige wegen Verleumdung gedroht?" sagte der Anwalt. „Was soll ich machen? Sie beschuldigt mich permanent des Diebstahls. Einmal fehlen ihr Gartengeräte, dann ist ein Paket von ihrer Tochter verschwunden, dann fehlt ihr der Grill, und jedes Mal beschuldigt sie mich, die Dinge entwendet zu haben. Und das sagt sie nicht nur mir, das verbreitet sie auch in der Nachbarschaft." „Ja, das ist schlimm, wenn es so nicht stimmt." sagte der Anwalt. „Gar nichts davon stimmt. Und nun soll ich ihr den neuen Rasenmäher gestohlen haben." „Haben Sie aber nicht?" fragte Annett. „Natürlich nicht! Einen Moment. Schauen Sie mal hier, das ist die Quittung vom Baumarkt, in dem ich erst vor kurzem den Rasenmäher gekauft habe. Warum also sollte ich der Alten den Rasenmäher klauen? Und das mit dem verschwundenen Paket mit dem Geburtstagsgeschenk von ihrer Tochter ist ebenso paradox. Das Paket wird es nie gegeben haben. Ihre Tochter war zu ihrem Geburtstag doch bei ihr zu Besuch. Warum sollte sie ihr gleichzeitig ein Geschenk mit einem Paket schicken?" „Chef, das ist logisch," sagte Annett. „Glauben Sie mir, Herr Anwalt, - wie war noch Ihr Name?" „Hund. Fritz Hund." „Glauben Sie mir, Herr Hund, die Alte ist etwas verwirrt im Kopf. Mir tut sie ja auch leid, sie ist da einsam in ihrer kleinen Wohnung. Aber sie kann mich ja nicht permanent als Dieb bezichtigen und mich in der Nachbarschaft schlecht machen. Irgendwas bleibt dann meistens doch hängen, oder?" „Ja!" sagte Fritz Hund. „Haben Sie die Adresse von der Tochter?" „Ich habe die Telefonnummer von ihr." „Die hätte ich bitte gerne. Vielleicht kommen wir darüber in der Sache weiter." „Informieren Sie mich, Herr Hund, wenn Sie etwas Neues wissen." „Ja, wir melden uns wieder bei Ihnen. Danke für den freundlichen Empfang!"

„Guten Tag, Frau Schneider. Ich bin Anwalt und vertrete die Interessen Ihrer Mutter." „Meine Mutter? Hat sie was angestellt? Ist was passiert?" „Nein, nein! Vielleicht können Sie etwas zur Aufklärung beitragen. Sagen Sie mal, Frau Schneider, hatten Sie Ihrer Mutter zu ihrem letzten Geburtstag ein Paket mit einem Geschenk geschickt?" „Ein Paket mit einem Geschenk? Das ist eine seltsame Frage. Nein, wozu sollte ich das tun. Ich war doch am Geburtstag meiner Mutter bei ihr. Was bezwecken Sie mit dieser Frage?" Ihre Mutter beschuldigt einen Nachbarn, ihr das Paket von Ihnen gestohlen zu haben. Sagen Sie mal, wissen Sie etwas von einem Kugelgrill, den Ihre Mutter besitzt?"

„Ja, sie hatte einen Kugelgrill. Den hat sie mir geschenkt. Sie hat gesagt: Nimm ihn mit, ich brauche doch sowieso nie einen Grill. Bei mir steht er nur rum. Behauptet sie etwa auch…..?" „Ja, leider. Ihre Mutter behauptet auch, der Nachbar hätte ihr den Grill gestohlen. Was die Sache schlimm macht, ist, dass sie das in der ganzen Nachbarschaft erzählt." „Das hört sich ja nach Demenz an," sagte die Tochter. „Ich bin kein Arzt," sagte der Anwalt, „aber so weit würde ich nicht gehen. Sie ist einfach etwas verstört, vielleicht zu viel alleine. Frau Schneider, dann habe ich noch eine abschließende Frage: Wissen Sie vielleicht auch etwas über den Rasenmäher Ihrer Frau Mutter?" „Den Rasenmäher? Ja, den habe ich mir ausgeliehen. Meiner tut es nicht mehr. Den wollte ich ihr morgen zurückbringen." „Sie haben mir sehr geholfen, Frau Schneider. Und vor allem haben Sie ihrer Mutter sehr geholfen." „Was macht denn nun der Nachbar, den sie so beschuldigt hat?" „Das ist ein ganz netter älterer

148

Herr. Ich habe da schon eine Idee, wie sich das im beiderseitigen Interesse lösen lässt.

Sie bringen morgen den Rasenmäher zurück?" „Ja." „Treffen wir uns doch im Garten ihrer Mutter zu einer Grillparty. Ich gehe davon aus, dass der nette Nachbar auch da sein wird. Das kriegen wir schon hin. Danke für Ihre konstruktive Unterstützung! Bis morgen, Frau Schneider!" –

Annett ging natürlich mit zur Grillparty der alten Leute. Hund Fritz wollte nicht mit. „Grillwürstchen sind zu heiß, da verbrennt man sich die Schnauze," begründete er sein Desinteresse. „Woher weißt Du das denn?" fragte der Anwalt. „Das willst Du gar nicht wissen," sagte der Hund. Als der Anwalt das Annett erzählte, sagte sie: „Hund Fritz klaut keine Rasenmäher, er klaut Würstchen." „Das ist Mundraub", sagte der Hund. „Mundraub gibt es nicht mehr," sagte der Anwalt, „der Paragraph ist abgeschafft." „Aber nicht für Hunde!"

Die alte Dame und der nette Nachbar versprachen sich sogar bei einem Glas Wein, sich in Zukunft öfter mal zu treffen und etwas gemeinsam zu unternehmen. „Ich leihe Ihnen auch gerne meinen Rasenmäher," sagte sie, „den hat ja nun meine Tochter zurückgebracht." „Das ist nett von Ihnen," sagte der alte Herr, „aber ich habe eine höchst anwaltliche Überprüfung, dass ich einen eigenen Rasenmäher besitze. Sollte sich also einmal wieder Ihre Tochter Ihren ausleihen, bin ich gerne bereit, sogar den Rasen für Sie zu mähen." „Das ist doch schön, wenn man solche Nachbarn hat," sagte sie. „Solche Klienten machen Dich nicht reicht," sagte Annett. „Aber glücklich," erwiderte Fritz.

„Chef, es wundert mich ja, dass der nackte Mann im Stadtpark keinen Zettel von den Wachhunden bei sich hatte," sagte der Polizist im Revier. „Und ich fresse trotzdem meinen Dienstausweis, wenn es nicht wieder die Wachhunde waren," sagte der Leiter der Dienststelle. „Das ist doch genau ihre Handschrift." „Ach!" sagte der Mitarbeiter, „gab es doch dabei eine Handschrift von denen?" „Blödmann!" sagte der Chef, „ich meine das doch bildlich gesprochen." „Ach so, Chef!" „Warum sollten sie uns in diesem Fall eine Nachricht hinterlassen? Sie wissen ja, dass wir den Mann kennen. Eine Nachricht hinterlassen sie uns nur, um uns einen Täter auf dem Silbertablett zu servieren, zu dem wir nicht in der Lage waren, ihn ausfindig zu machen." „Sie meinen bildlich gesprochen, Chef?" „Wissen Sie was? Sie halten am besten die Klappe. Dann sagen Sie den wenigsten Blödsinn. Wie sind Sie eigentlich in den Polizeidienst gekommen?" „Das war so. Ich war damals 18, glaube ich, da sagte mein Papa zu mir. Junge, sagte mein Papa zu mir…" „Halten Sie die Klappe!" „Sie haben mich doch gefragt, wie ich in den Polizeidienst gekommen bin, Chef!" „Ja, ich nehme die Frage zurück!" „Chef, ich könnte ja mal recherchieren, ob der Jogger nicht sonst noch irgendetwas bemerkt hat, als er den nackten Mann da auf der Bank entdeckt hat." „Das ist eine gute Idee. Darauf bin selbst ich nicht gekommen. Der Name von dem Jogger steht in der Akte. Machen Sie sich auf den Weg, und denken Sie daran, jedes Detail ist wichtig." „Jawohl, Chef!" „Sie müssen heute nicht wieder ins Revier zurückkommen." „Jawohl, Chef!" „Und wenn Sie zu früh mit Ihrer Recherche fertig sind, essen Sie irgendwo eine Currywurst." „Ist das jetzt bildlich gesprochen, Chef?" „Die Wachhunde bringen mich um!" „Da kann ich doch nicht für, Chef!" „Das war ja auch nur bildlich gesprochen. Gehen Sie los, Sie Blödmann!" – „Noch eine Frage, Chef. Sie sagen so oft Blödmann zu mir. Ist das keine Beleidigung?"

„Nein, Blödmann ist keine Beleidigung. Sonst noch was?"
„Nein, Sie Blödmann, dann bin ich jetzt mal weg zur Recherche."

„Chef, heute stehe ich wahrscheinlich in der Zeitung," sagte der Hund. „Du? In der Zeitung? Hast Du etwas angestellt?" „Etwas Gutes!" sagte Hund Fritz, „wir haben einen Tiermörder bestraft." „Einen Tiermörder? Bestraft? – Wer ist wir?" fragte Herr Hund. „Nelly und ich. Er hätte sie fast umgebracht. Nelly hatte einen Hundeengel, dass sie noch lebt. Sie war mit ihrem Frauchen gassi gehen und ein Stück vorgelaufen. Da sah sie, wie ein Mann etwas an den Straßenrand legte. Als Nelly näher kam, erkannte sie, dass es ein Stück Fleisch war, was sie auch schnupperte. Sie sagt, ihr lief das Wasser in der Schnauze zusammen, und sie konnte nicht widerstehen und hat es gefressen. Als sie schluckte, spürte sie im Hals einen wahnsinnigen Schmerz und hat furchtbar gejault und geheult und sich auf dem Weg gewälzt vor Schmerzen. Ihr Frauchen ist dann sofort mit ihr in die Tierklinik gefahren." „Das klingt ja ganz furchtbar," sagte Herr Hund. „Es geht noch weiter," sagte der Hund. „In der

Tierklinik hat man festgestellt, dass Nelly eine Rasierklinge in der Speiseröhre sitzen hatte. Stell Dir das mal vor, Chef. Der wollte sie umbringen!" „Ja," sagte der Anwalt, „über solche Fälle war schon mal zu lesen, dass Tierhasser Futter mit Rasierklingen bestückt und ausgelegt haben." „Wenn Nelly nicht den Schutzengel gehabt hätte, wäre sie jetzt tot," sagte der Hund. „Das ist ja ganz furchtbar," sagte Herr Hund. „Aber warum stehst Du dann in der Zeitung?" „Als ich gestern mit der Nelly in den Holter Wiesen umherstromerte, blieb sie auf einmal stehen und sagte ganz aufgeregt: „Da ist er! Der da kommt, das ist er, der das Fleisch mit der Rasierklinge an den Wegrand gelegt hat. Ich hatte ihn ja gesehen. Fritz, was machen wir denn jetzt? Das ist er!!!" „Und ich sagte zu Nelly: „Wir erteilen ihm eine deftige Lektion. – Ich nehme an, der Rest steht heute in der Zeitung." – „Annett! Bringst Du bitte mal die Zeitung von heute!? Steht da im Lokalteil was über zwei Hunde und einen Hundetöter?" „Vom Hundetöter können sie in der Zeitungsredaktion doch nichts wissen!" sagte der Hund. „Von Hundetöter steht hier nichts," sagte in dem Moment auch Annett, „aber von zwei Hunden, die einen Mann angegriffen haben.

*„Spaziergänger in den Holter Wiesen von zwei beißwütenden Hunden schwer verletzt,"* steht hier. „Ja, das habe ich gemeint," sagte der Anwalt, „lies weiter." „Ja, lies weiter!" sagte auch der Hund. „Ich wusste gar nicht, dass ich ein beißwütender Hund bin."

*„Bei seinem Spaziergang durch die Holter Wiesen wurde gestern ein Mann plötzlich und ohne sichtlichen Grund von zwei Hunden angegriffen."* „Ohne sichtlich Grund?" sagte der Hund, „das wüsste ich aber!" *„Die beiden Hunde benahmen sich wie tollwütige Tiere, zerrissen dem 54-jährigen die Kleidung und fügten ihm an beiden Beinen, an den Waden, Oberschenkeln und am Gesäß so tiefe Fleischwunden zu, dass dieser ins Krankenhaus gebracht werden musste. Wie sich der Verletzte zu erinnern glaubt,*

*trotteten die beiden Hunde danach zufrieden Richtung Stadt."* „Ja," sagte Hund Fritz, „wir trotteten und waren mit unserer Leistung ganz zufrieden. Das hatte er sich doch wohl verdient!" „Na, Fritz, ob das nicht ein bisschen heftig war?" „Hat unser Fritz was damit zu tun?" fragte Annett. „Der Kerl hat Hundefutter mit Rasierklingen bestückt und ausgelegt. Und die Nelly hat das gefressen und wäre fast daran umgekommen," erklärte der Anwalt. „Bravo!" sagte Annett, „dem hätte ich auch ein großes Stück aus dem Gesäß gebissen!" „Da hörst Du es!" sagte der Hund, „Annett weiß, was man seiner Liebe schuldig ist!" „Annett, schreib bitte einen anonymen Brief an die Redaktion, dass es sich bei dem Verletzten um einen Mann handelt, nach dem schon einmal vergeblich gesucht wurde, weil er mit Rasierklingen bestücktes Hundefutter auslegt und damit die Tiere umbringen will. Sie haben ihn ja nun im Krankenhaus und kennen seinen Namen, vielleicht gehen sie ja der Sache nach. Dann gibt es obendrein noch eine Anzeige." „Gute Idee, Chef!" „Steht sonst noch was in der Zeitung, was uns interessieren könnte?" – „Ja, hier, ein großer Artikel. *Einbrüche und Vandalismus in unserer Stadt in Kitas, Schulen und Kultureinrichtungen nehmen zu. Diesmal brach eine Bande in die Vereinsräume des CVJM ein."* „Einen der Täter werden wir bald haben," sagte Herr Hund, „weil Hund Fritz seine Adresse kennt." „Jawohl," sagte Hund Fritz, „ich werde zu seiner Ergreifung führen!" „Und dem Hund ist es auch zu verdanken, dass sie diesmal keine Beute gemacht haben." „Ja," sagte Annett, „das steht hier auch in der Zeitung, dass die Täter diesmal ein Fenster aufgehebelt hatten, aber wohl nicht wie in den anderen Fällen dazu kamen, Geld oder Wertsachen zu stehlen und Gegenstände zu zerstören. Die Polizei geht davon aus, dass sie gestört worden sind, obwohl von den Bediensteten des CVJM niemand etwas dazu sagen konnte." „Ich habe sie in die Flucht geschlagen!" sagte Hund Fritz. „Wenn der Heinz kommt, werde ich das mit ihm besprechen," sagte Fritz Hund, „den einen werden wir uns holen." „Und dann?" fragte Annett. „Über die Folterstrafe denken wir noch nach," sagte der Anwalt. „Mein Opa erzählte, dass man im Mittelalter als bewährte Foltermethode die Fußsohlen der Täter mit Salz bestreut hat und dann Ziegen daran lecken ließ," sagte Annett. „Das ist ja eine seltsame Foltermethode! Aber Dein Opa stammt doch nicht aus dem Mittelalter!" „Opa ist ein ganz kluger Mann!" „Das bezweifele ich nicht." „Das Salz wurde angefeuchtet, die Täter irgendwo festgebunden, und die Ziegen leckten daran, bis der anfängliche Kitzelreiz in fürchterlichen Schmerz überging. So kam man früher zu vielen Geständnissen und hat die übelsten Geheimnisse und Schandtaten im wahrsten Sinne des Wortes herausgekitzelt." „Das klingt ja interessant, was Dein Opa Dir da erzählt hat. Und wo kriegen wir die

Ziege her?" „Kann nicht Hund
Fritz…?" „Na, na, na!!!" sagte Hund
Fritz, „Deine Zuchtperle will doch
wohl nicht vorschlagen, dass ich
einem Einbrecher die Füße lecke!"
„Nein, Fitz, das hat sie so nicht
gemeint!" „Was denn?" fragte Annett.
„Fritz war entrüstet, er dachte, Du
hättest vorgeschlagen, dass er dem
Einbrecher die Füße leckt." „Aber ich
weiß, wer zwei Ziegen hat," sagte
der Hund, „bei der Nelly nebenan
wohnt ein alter Eigenbrötler, der hat
zwei Ziegen." „Na gut, dann fragen
wir ihn, ob er uns mal eine leiht."
Als der Heinz kam, berichtete Fritz
ihm von dem Plan, und sie
beschlossen, dass Fritz und Annett
zu dem alten Eigenbrötler fahren und
fragen würden, ob er ihnen für einen
Tag eine seiner Ziegen leiht. Und
anschließend wollten sich Hund
Fritz, Fritz Hund und Heinz vor dem
Haus auf die Lauer legen, in dem
offenbar der Einbrecher wohnt. Der
Besuch bei dem Eigenbrötler erwies
sich als schwierig. Zuerst wollte er
gar nicht mit Annett und Fritz reden.

Dann gelang es Annett, ihn doch zu einem kleinen Gespräch zu bewegen. „Es geht doch um eine gute Sache, bei der Ihre Ziege helfen kann!" sagte Annett. Sie mussten so geheimnisvoll wie möglich tun; denn sie konnten dem Alten ja nichts von einer Foltermethode erzählen. „Wir übernehmen dafür für einen Monat die Futterkosten für ihre Ziegen," sagte Fritz, „wieviel ist das?" „Ein Monat Ziegenfutter?" sagte der Alte, „das sind 50 Euro pro Ziege." „Ich finde Sie so sympathisch," sagte Annett, „okay, wir übernehmen das Ziegenfutter für beide Ziegen für ein ganzes Jahr." „Ein ganzes Jahr???" „Ja! Das sind zweimal sechshundert, das macht eintausendzweihundert Euro." „Die Sie mir geben?" sagte der Eigenbrötler ungläubig. „Ja!" „Und ich kriege meine Ziege am gleichen Tag zurück?" „Ganz sicher und fest versprochen," sagte Fritz. „Und wann soll das sein?" „Es kann sein, dass wir sie morgen brauchen, das wissen wir aber noch nicht so ganz genau. - Einverstanden?" –

„Einverstanden!" Auf dem Rückweg
sagte Fritz zu Annett:
„Eintausendzweihundert Euro, das
ist für den Alten eine Menge Geld.
Ich glaube, er kann es gut
gebrauchen. Wir müssen uns noch
einen Anhänger für den
Viehtransport leihen."
Am Nachmittag legten sich Fritz
Hund, Hund Fritz und Heinz vor dem
Haus auf die Lauer, in dem nach
Auskunft von Hund Fritz einer der
Einbrecher wohnt. Sie warteten dort
über zwei Stunden. Dann endlich rief
Hund Fritz: „Da! Das ist er!" „Ganz
sicher?" Ganz sicher!" „Das ist er,"
sagte Fritz Hund zu Heinz, weil
dieser den Hund ja nicht hören
konnte. „Mach Dein
Betäubungsgewehr bereit." Der
junge Mann stieg auf ein Fahrrad,
das an der Häuserwand lehnte und
fuhrt los. „Mist!!!" sagte Heinz. Fritz
ließ von seinem Auto den Motor an
und fuhr hinterher. „Mach Deine
Scheibe runter und schieß!" sagte
Fritz. „Dann fällt er doch vom
Fahrrad!" „Mit Verbrechern muss

man nicht so zimperlich umgehen," sagte Fritz Hund. Und Heinz schoss. Der junge Einbrecher flog über seinen Lenker auf die Fahrbahn. Fritz bremste ab, sprang aus dem Auto. „Los, komm, in den Kofferraum mit ihm!" Minuten später war das ganze Schauspiel zu Ende. Auf der Straße lag nur noch ein herrenloses Fahrrad. „Jetzt wird er im Keller gefesselt. Und morgen früh holen wir die Ziege."

Fritz, Heinz und Annett hatten sich vergeblich Sorgen gemacht, wie sie die Ziege in den Folterkeller kriegen. Das ist ganz erstaunlich, wie geschickt eine Ziege die Treppenstufen runterläuft. „Die Ziegen sind ja mit den Gämsen verwandt," sagte Annett, „die atemberaubende Klettertouren durch das Bergmassiv machen." „Wer seid Ihr?" fragte der Einbrecher am nächsten Morgen. „Wie heißt Du?" fragte Fritz. „Erwin. Ich heiße Erwin. Was wollt Ihr von mir?"
„Wir wollen uns mit Dir über Deinen Einbruch unterhalten," sagte Heinz.

„Welchen Einbruch?" fragte Erwin.
„Über alle Einbrüche. Du wirst uns
ein Geständnis für alle Deine
Einbrüche ablegen." „Und uns
sagen, wer dabei Dein Partner war."
„Was habt Ihr denn für Beweise?"
sagte Erwin. „Wärst Du hier, wenn
wir keine Beweise hätten!?" sagte
Fritz. „Du legst ein Geständnis ab,
wir schreiben das auf, Du
unterschreibst das, und dann darfst
Du wieder nach Hause. Und Dein
Geständnis geben wir der Polizei, die
dann über Deine Strafe entscheidet
bzw. den Richter entscheiden lässt."
„Ihr seid verrückt!" sagte der
Einbrecher, „wie bin ich überhaupt
hierhergekommen?" „Die ersten
Meter mit dem Fahrrad," sagte
Heinz, „den Rest der Strecke haben
wir Dich gefahren, weil Du auf einmal
so müde warst." „Die Ziege stinkt!"
sagte Erwin. „Ah, gut, dass Du uns
an die Ziege erinnerst," sagte Fritz,
„die Ziege ist jetzt in den nächsten
Stunden die Hauptperson. Sie wird
Dich verwöhnen. Hast Du nicht
immer schon davon geträumt, dass
Dir einer die Füße küsst? Das

übernimmt jetzt die Ziege." „Und wozu soll das gut sein?" „Man nennt das Ziegenfolter," sagte Heinz, „das ist dazu gut, dass Du uns nachher liebend gerne den Namen von Deinem Komplizen und Eure einzelnen Einbrüche gestehen wirst. Lass das mal einfach auf Dich zukommen." Heinz und Fritz banden die Beine von Erwin am Heizungsrohr fest. „Hast Du das feuchte Salz?" „Ja, hier!" „Mach auch die Leine der Ziege da fest, dass sie nicht weglaufen will." Fritz führte die Ziege an die Fußsohlen von Erwin heran, die mit dem Salz eingerieben waren. Da fing die Ziege auch bereitwillig an zu lecken. Erwin lachte. „Das kitzelt!" „Ja," sagte Fritz, „noch kitzelt es, „aber das geht nachher in Lungen und Muskelschmerzen über und aus Deinem Lachen werden ohrenbetäubende Schreie. Gib uns einfach ein Zeichen, wenn Du bereit bist, uns alles zu beichten." Es dauerte tatsächlich gar nicht lange, da wurden aus dem Lachen Schreie.

„Nehmt das Vieh da weg!" stöhnte Erwin. „Das ist noch nicht das, was wir von Dir hören wollen," sagte Heinz. Und das Schreien wurde immer lauter und ohrenbetäubend. Die Ziege von dem Eigenbrötler leistete gute Arbeit. „Du kannst warten, bis Deine Lunge versagt," sagte Heinz, „Du kannst aber auch Dein Leben retten und reden." Eine knappe Stunde hielt Erwin noch durch, dann verfärbte sich seine Haut und er stammelte: „Ich kann nicht mehr. Ja, ich sage Euch alles, was Ihr hören wollt. Nehmt dieses widerliche Vieh hier weg!!!" „Ein Serieneinbrecher," sagte Fritz, „dann zähl mal auf, an welchen Einbrüchen Du beteiligt warst." Es war eine ganze Liste, die da zusammenkam. Den Namen seines ständigen Komplizen hatte Erwin auch genannt. „So, und jetzt unterschreibst Du das hier als Geständnis," sagte Fritz. „Du hörst dann von der Polizei. „Eins müssen wir Dir aber noch sagen, bevor wir Dich gehen lassen," sagte Heinz, solltest Du noch einmal hier bei uns landen, dann schneiden wir Dir beide Ohren ob."

„Gute Arbeit, Hund Fritz," lobte Fritz Hund. „Jetzt bringen wir den Erwin zu seinem Fahrrad zurück, dem Alten bringen wir die Ziege zurück und die Eintausendzweihundert Euro. Und Annett, Du bist bitte so lieb und machst Kopien von dem Geständnis und den Brief an die Polizei fertig." „Kopie an die Presse?" „Ja, natürlich!!!"

„Und ich lege mich jetzt auf die Couch und warte darauf, dass ein paar Leckerlis rüberwachsen," sagte Hund Fritz.

„Guten Morgen! Gibt es was Neues in unserem kleinen Nest?" fragte der Revierleiter der Polizeidienststelle gutgelaunt. „Ja, Chef," sagte sein Stellvertreter, „das kann man wohl sagen." „Und was?" „Post von den Wachhunden." „Nein!!! Nicht schon wieder!!! Waren sie wieder auf Verbrecherjagt? Wen servieren sie uns denn diesmal auf dem Silbertablett?" „Ja, Chef, so kann man das wirklich sagen. Sie schicken uns eine Aufstellung und ein Geständnis von einer ganzen Serie von Einbrüchen, die diese Bande begangen haben." „Ein Geständnis? Und die Namen der Einbrecher?" „Jawohl, Chef, mit Adresse, mit Unterschrift und Kopie an die Ortspresse." „Ich werde wahnsinnig!!!" „Ja, Chef!" „Diese Wachhunde behaupten also, sie hätten die Serieneinbrecher geschnappt, die wir seit Monaten nicht ausfindig machen konnten?" „Ja, Chef. Hier ist die Liste. Auf deren Konto gehen fast alle Einbrüche der letzten Zeit, ich habe das mit unseren Fällen verglichen."

„Können Sie mir mal sagen, wie die das machen?" „Meistens hebeln sie ein Fenster aus und steigen dadurch ein." „Idiot!!! Ich meine doch diese Wachhunde, wie sie das machen, dass sie die Täter überführen." „Nein, Chef, das weiß ich auch noch nicht. Aber wenn ich es herausbekomme, sage ich es Ihnen."

„Hast Du heute schon die Zeitung gelesen?" fragte Annett. „Nein." „Hier steht: *Wachhunde werden immer mysteriöser. Eine ganze Serie von Einbrüchen konnte in den letzten Tagen aufgeklärt werden. Von der hiesigen Polizeidienststelle liegt unserer Redaktion zwar noch kein detaillierter Bericht dazu vor, es wurde aber bestätigt, dass der Polizei eine Liste mit den Einbrüchen und ein unterschriebenes Geständnis der Serieneinbrecher zugeschickt worden sei. Prüfung der Angaben und die Vernehmung der beiden Beschuldigten stehen noch aus, anschließend sollen sie dem Haftrichter vorgeführt werden.*"
„Die Wachhunde nehmen Fahrt auf, das ist ja herrlich!" sagte Fritz und gab der Annett einen Kuss. „Wofür war das jetzt die Belohnung?" fragte sie lachend. „Dafür, dass es Dich gibt!" sagte Fritz.

Wenn auch etwas altmodisch, aber elegant gekleidet war der alte Herr, der die Kanzlei von Anwalt Fritz Hund betrat. „Guten Tag. Mein Name ist Karl-Friedrich von Bandow. Sie sind der Rechtsanwalt Fritz Hund?" „Ja, der bin ich," sagte Fritz, „was kann ich für Sie tun, Herr von Bandow? Nehmen Sie doch Platz!" „Danke! Ich möchte Sie bitten, für mich eine einstweilige Verfügung gegen die ARD und das ZDF zu erwirken." „Olala!" sagte Fritz Hund, „ARD und ZDF, das ist ein Brocken! Und welche Geschichte oder welches Ereignis verbirgt sich dahinter? Das ist nicht alltäglich, gegen die öffentlich-rechtlichen Sender gerichtliche Schritte einzuleiten." „Aber notwendig!" sagte Herr von Bandow. In Kürze kommt mein Enkel Friedrich-Eugen von Bandow in die Schule. Es lässt sich nicht vermeiden, dass Kinder auch im Zimmer sind, wenn Erwachsene das Fernsehgerät eingeschaltet haben. Verstehen Sie?" „Ja, das stimmt. Das lässt sich in der Tat nicht vermeiden. Aber ich verstehe immer noch nicht, - eine einstweilige Verfügung worüber?" Karl-Friedrich von Bandow holte einen Zettel aus der Tasche. „Hier, schauen Sie, Herr Hund, ich habe einen 6-Punkte-Plan aufgestellt. Es geht um eine Unterlassungsklage." „Einstweilige Verfügung, Unterlassungsklage," sagte Fritz vor sich hin. „Es geht um folgendes," sagte Herr von Bandow, „die Sender bedienen sich zunehmend einer Kloakensprache, widerlicher Kraftausdrücke usw. Wobei wir Gebühren dafür zahlen, was ja bei den öffentlich-rechtlichen Sendern der Fall ist, die sogar einen Bildungsauftrag haben. Das muss man sich mal vorstellen, Herr Hund, einen Bildungsauftrag!!! Und sorgen ständig und zunehmend dafür, dass unser Kulturgut deutsche Sprache immer mehr verkommt." „Verstehe ich Sie recht, Herr von Bandow, und dagegen soll ich anwaltliche Schritte einleiten?" „Ja! Das sollen Sie unterbinden. Im Interesse unserer wertvollen deutschen Sprache und im Interesse unserer Kinder, die ein Recht darauf haben, mit einem guten

Deutsch aufzuwachsen und nicht mit Kraftausdrücken vollgemüllt zu werden, bis sie glauben, dass man in diesem Lande so spricht. Hören Sie sich das Volk doch mal an, wie viele Menschen schon von diesem Virus infiziert sind. Schuld sind die Medien, die das ständig verbreiten. Und ich will nicht, dass mein Enkel auch davon infiziert wird. Damals machte der Bayerische Rundfunk auf sich aufmerksam, weil man sich weigerte, das Lied Marmor, Stein und Eisen bricht zu spielen. Das sei schlechtes Deutsch, war das Argument des Senders. Und sie hatten ja recht. Es muss heißen, Marmor, Stein und Eisen brechen. Da hat man von Autoren noch erwartet, dass sie Deutsch können. Heute schreiben sie Schlager und kennen den Dativ nicht. In meinem Herz wird getextet und gesendet. Was die Fernsehautoren teilweise schreiben, könnte man auch rülpsen. Da muss man sich doch fragen, ob es in den Redaktionen unserer Sender keine Person gibt, die wenigstens über Grundkenntnisse unserer Sprache verfügt. Ich sage es ja: Da fehlt der Volksschulabschluss! Da fehlt der Volksschulabschluss!!! Was kann ein Sonderschüler dafür, wenn er das nicht besser kann!? Aber das darf man nicht senden!!! Kommen wir zu den 6 Punkten, die vorrangig auf jeden Fall zu unterlassen sind: Da ist zunächst als Punkt 1 das Wort geil. Geil bedeutet immer noch voll Geschlechtslust, auch wenn sich sogar der Duden dieser Unsitte gebeugt hat und es zusätzlich auch als Jugendsprache durchgehen lässt. Nein, es gibt keine Jugendsprache, die ordinäre Ausdrücke salonfähig macht! Mir würde sich der Magen umdrehen, wenn Friedrich-Eugen eines Tages geil sagen würde. Das ist geil! Wir sind geil! – Das ist doch absolut ekelhaft. Wenn man früher einem Menschen gesagt hätte, er sei geil, dann wäre das mit einer gehörigen Tracht Prügel quittiert worden. Verlangen Sie also, dass in der ARD und im ZDF dieses Wort nicht mehr gesendet wird." „Das wird schwierig," sagte Fritz Hund. „Wenn es nicht schwierig wäre, brauchte ich keinen Anwalt," erwiderte Herr Bandow. „Kommen wir zu Punkt 2:

Von einem Sender, der einen Bildungsauftrag hat, muss man erwarten können, dass deren Redakteure den Unterschied zwischen als und wie kennen und richtig anwenden. Und man muss von ihnen erwarten, dass sie Redewendungen, in denen als und wie verwechselt wird, nicht senden! Hören Sie sich mal die Sendungen an. Ich hab mehr wie du, der gefällt mir besser wie der andere, heute ist es schöner wie gestern, - das tut weh, Herr Hund, das tut richtig weh! Ich will mir nicht vorstellen, dass mein Enkel so etwas vorgesetzt bekommt und für unsere deutsche Sprache hält. Und abgesehen davon, haben wir nicht ein Recht darauf, dass in unserem Fernsehen auch unsere Sprache fehlerfrei gesprochen wird? Punkt 3 ist ähnlich. Selbst Journalisten sagen scheinbar, wo es eindeutig anscheinend heißen muss. Ich frage Sie, wo sind diese Leute in die

Schule gegangen? Was hat man denen da beigebracht? Wenn schon jeder sieht, was es für ein strahlender Sonnentag wird, sagen diese Dilettanten heute wird scheinbar ein schöner Tag. Aber wenn es scheinbar ein schöner Tag würde, dann hieße das ja, es scheint nur so, als würde er schön, er wird aber gar nicht schön! Sie meinen, heute wird es anscheinend ein schöner Tag, aber das haben sie anscheinend nicht gelernt und sagen deshalb scheinbar. Man sollte ihnen mal sagen: Sie können scheinbar Deutsch. Aber das würden sie vermutlich auch noch als Kompliment auffassen. Ich bin ein alter Herr, ich habe oft das Fernsehen an. Achten Sie einmal darauf, Herr Hund, dann hören Sie täglich dieses Wort scheinbar, und immer ist anscheinend gemeint. Man hätte die Volksschule nicht abschaffen dürfen, da wäre das nicht passiert. Mit Volksschulabschluss verwechselt keiner als und wie und auch nicht scheinbar und anscheinend. Wer so gesprochen hätte, wäre sich seiner Fünf in Deutsch sicher gewesen. Und diese Zensur kann ich den Herrschaften im Fernsehen auch nur geben, die so etwas anscheinend für richtig halten und senden." „Und was meinen Sie mit Punkt 4 und dem Wort halt?" „Das ist der Dummschwätzervirus. Ich frage mich immer noch, wie es dem Fernsehen gelingen konnte, dieses dumme Geschwätz so zu verbreiten. Achten Sie einmal darauf. Es kriegt kaum noch einer einen Satz ohne dieses widerliche Füllwort halt über die Lippen. Anstatt wir waren in Urlaub sagen sie heute: Wir waren halt in Urlaub. Da haben wir viel unternommen heißt da haben wir halt viel unternommen. Und wenn sie den Blödsinn einmal vergessen haben, hängen sie das halt einfach hinten an den Satz, aber wir sind auch froh, dass wir wieder hier sind halt. Selbst zweimal halt in einem Satz ist heute keine Seltenheit mehr. Da muss man erklären halt, warum man halt…Wir hätten uns früher den Bauch gehalten vor Lachen, wenn einer so gesprochen hätte. Da hab ich halt, da bin ich halt, wir können halt, so ist das halt, da musst du halt…. Was soll dieses dumme Geschwätz??? Ich bete jeden Tag dafür, dass sich Friedrich-Eugen davon nicht anstecken lässt. Sie müssen dafür sorgen, Herr Anwalt, dass dieses halt wieder aus unserem Sprachgebrauc h verschwindet. Und das geht nur, wenn die Medien endlich damit aufhören, es weiterhin so zu verbreiten. Selbst führende Persönlichkeiten aus Politik, Wirtschaft und Kirche sind schon infiziert von diesem krankhaften Dummschwätzervirus." „Da haben Sie recht, Herr von Bandow, das ist unüberhörbar. Aber das wieder auszurotten?" „Man muss den Leuten klarmachen, dass der nächste Schritt sein wird, dass sie anstatt halt rülps-furz in jedem Satz sagen, wenn die Medien nicht gebremst werden. Sie werden uns so lange rülps-furz vorsprechen, bis die Menschen auch das für ihre Sprache halten und es nachplappern. Wir wollen aber kein halt und wir wollen kein rülps-furz in unserer deutschen

Sprache!" „Ich verstehe." „Der Ansatz muss sein, dass das Lehrpersonal nicht auch so schwätzt, sondern dafür sensibilisiert wird, den Schülern das abzugewöhnen. Wenn wir noch…" „Ja, ich weiß, Herr von Bandow, wenn wir die Volksschule noch hätten. Ich verstehe! Und was heißt unter Punkt 5 das Wort du und Duzen?" „Ist Ihnen das noch nicht aufgefallen? Sie duzen Leute, die gar nicht da sind, sie duzen sogar Dinge, die gar keine Lebewesen sind. Da musst du, da bist du, da hast du. Da kannst du als Verein nichts machen. Wer ist dieser Du? Es unterhalten sich zwei Leute wie normale Menschen über ein Fußballspiel, und auf einmal fängt einer von den beiden an: Da musst du doch als Torwart aus dem Tor kommen. Warum sagt der andere Gesprächspartner nicht: Ich? Ich bin doch gar nicht der Torwart. Und er schwätzt weiter: Da musst du doch den Ball eher abgeben. Er hat aber doch gar keinen Ball. Wen also duzt dieser Dilettant, dem sie da Kamera und Mikrofon anvertraut haben? Bei so einem Gegner musst du viel näher am Mann stehen. Und der andere fragt immer noch nicht: Wieso ich? Ich kann doch nicht am Mann stehen, ich darf doch während des Spiels gar nicht auf den Platz. Wenn man sich neunzig Minuten lang dieses dumme Geschwätz angehört hat, dann stellt sich doch die Frage, warum unterbindet das keiner? Welche Leute sitzen da in den Redaktionen, dass sie nicht darauf hinweisen, wie dumm das ist? Und das überträgt sich natürlich auf die Bevölkerung, wenn die Leute ständig so einen Blödsinn im Fernsehen hören. Mein Nachbar sagt inzwischen auch: Da musst du als Polizist doch eingreifen. Tut mir leid, Herr Nachbar, ich bin kein Polizist, ich darf da nicht eingreifen. Das wiederum versteht dann der Nachbar nicht. Ich will nicht, dass Friedrich-Eugen eines Tages aus der Schule kommt und sagt: Da musst du als Lehrer doch drauf eingehen. Und damit bin ich auch schon bei Punkt 6. Ist Ihnen schon mal aufgefallen, dass die Medien die

Vergangenheitsform völlig abgeschafft haben? Auch dafür haben sie bestenfalls eine Fünf in Deutsch verdient, aber sie betreiben auch das immer weiter und verbreiten es unters Volk. Achten Sie einmal darauf, Herr Hund, falls es Ihnen noch nicht aufgefallen sein sollte. Die Kanzlerin trifft sich vorige Woche mit dem französischen Präsidenten. Der Täter stirbt an seinen Verletzungen. Obwohl er schon beerdigt ist. Versuchen Sie das mal. Treffen Sie sich mal vorige Woche mit einem Freund. Bestellen Sie sich doch vor vierzig Jahren einen Kaffee. Denken Sie aber daran, dass sie den noch mit D-Mark bezahlen müssen. Schalke spielt gegen Dortmund 4:4. Und wenn Sie dann hinfahren und sich das angucken wollen, ist das Spiel schon drei Tage vorbei. Man hätte es sich ja denken können. Woher wollte sonst der Redakteur wissen, wie das Spiel ausgeht. Er ist ja kein Hellseher. Aber ein heller Kopf sicher auch nicht, sonst hätte er wissen müssen, dass es hätte heißen

müssen Schalke spielte oder sie
haben gespielt. Von Bismarck stirbt
im Juli 1898. Wer schafft das, da
noch rechtzeitig zur Beerdigung
anwesend zu sein!? Jeder hat eine
Lobby, nur unsere Sprache nicht!
Gibt es keinen, der sich für zuständig
hält, diesen Leuten eine 6 in Deutsch
zu verpassen und ihnen
klarzumachen, dass sie nicht einfach
die Vergangenheitsform in unserer
Sprache abschaffen können!?"
„Und das alles soll ich stoppen?"
fragte Fritz Hund. „Ja, das sollen Sie
bitte stoppen und die Glorifizierung
von Sex in Wort und Bild und
ordinäre Kraftausdrücke in den
Sendungen unterbinden. Haben Sie
ein Enkelkind?" „Nein, ich arbeite
noch am eigenen Kind." „Und was
sagen Sie nun zu meinem 6-Punkte-
Plan? Werden Sie meine Vertretung
übernehmen?" „Hier unten auf Ihrem
Zettel steht noch das Wort
Versuchung. Was hat das zu
bedeuten?" „Ach ja, gut, dass Sie
mich daran erinnern. Das wäre ein
Zusatzpunkt, falls sich dadurch Ihr
Honorar nicht erhöht. Auf jeden Fall

sollten Sie es erwähnen." „Also ein 7-Punkte-Plan. Und was ist damit gemeint?" „Das ist auch so ein Beispiel, was für ein schlechtes Deutsch die Medien verbreiten. In jedem Gottesdienst beten die Leute im Vaterunser: Und führe uns nicht in Versuchung, sondern erlöse uns von dem Bösen. Aber dann sagen sie: Ich habe dich versucht anzurufen. Er soll doch keinen versuchen! Ich habe mich versucht zu erinnern. Da versuchen sie sich sogar selbst. Und merken immer noch nicht, was sie da für ein dummes Zeug reden. Ein Mikrofontäter führt sogar Gegenstände in Versuchung und sagt: Ich habe das Handy versucht zu reparieren. Ich mag mir nicht vorstellen, dass Friedrich-Eugen eines Tages zu mir sagt: Ich habe dich versucht anzurufen, anstatt ich habe versucht, dich anzurufen. Und führe uns nicht in Versuchung, aber sie sagen: Ich habe dich versucht. Einfach scheußlich!!!" „Zugegeben, Herr von Bandow, ich habe noch nie über dieses Problem nachgedacht. Aber Sie haben recht, unsere

Sprache ist ein wertvolles Kulturgut und scheint tatsächlich in diesem Land keine Lobby zu haben. Wir könnten mit einer Klage sicher für allergrößte Aufmerksamkeit sorgen. Die Erfolgsaussichten würde ich aber als Jurist eher gering einschätzen. Das muss ich Ihnen gleich dazusagen."

„Die 6 oder 7 Punkte sind ja nur die Spitze des Eisberges. Und gegen die Schweinereien der Privatsender ist ja wohl kein Kraut gewachsen. Aber die bekommen ja unsere Gebühren nicht und man braucht sie als gebildeter Bürger nicht einzuschalten. Aber ich sehe es nicht ein, dass die öffentlich-rechtlichen unser Geld dafür bekommen, unseren Kindern und Enkelkindern eine Kloakensprache beizubringen. Vielleicht haben Sie auch einmal Kinder, Herr Anwalt und möchten nicht, dass sie mehr rülpsen als sprechen. Versuchen Sie es, ich bin das Friedrich-Eugen schuldig. Und natürlich meiner Liebe zur deutschen Sprache." „Lassen Sie mir mal die Unterlagen und Ihre Visitenkarte hier, Herr von Bandow.

Ich melde mich bei Ihnen. Ein interessanter Fall!!!" „Herr Anwalt, wir sind nicht die Einzigen, denen sich bei dem Deutsch der Sender der Magen umdreht. Glauben Sie es mir, es gibt noch mehr Menschen, die gebildet sind und ein gesundes Sprachempfinden haben." „Ein interessanter Fall," sagte Fritz Hund noch einmal, dann verließ Herr von Bandow sichtlich zufrieden die Kanzlei. „Da waren ja zu meiner Schulzeit die Hilfsschüler besser," sagte er beim Herausgehen. „Und das sind heute die Schriftsteller und Redakteure," sagte Fritz Hund lachend. Karl-Friedrich von Bandow drehte noch einmal um. „Ich weiß, Herr Hund, Sie meinen das ironisch und aus Spaß. Aber es ist Ernst, ganz, ganz, ganz, ganz bitterer Ernst!!! Ein einäugiger Volksschüler wäre da unter den Blinden der König. Auf Wiedersehen und hoffentlich viel Erfolg, Herr Anwalt."

Fritz und Annett hatten sich mit Heinz in der Stadt verabredet. Hund Fritz durfte auch mit. Als sie an der Kapelle vorbeikamen, sagte Hund Fritz: „Den Täter zieht es immer wieder an den Tatort zurück." „Ja, das sagt man so," sagte Fritz, „aber wie kommst du jetzt darauf?" „Der Kerl da drüben auf der Bank, - guck nicht hin! – das ist der, der aus der Kapelle die Petrus-Figur geklaut hat." „Die Petrus-Figur aus der Kapelle geklaut?" sagte Fritz. „Wie kommst Du jetzt darauf?" fragte Annett, „ja, es stand in der Zeitung, dass ein oder mehrere Täter die Statue aus der Kapelle geklaut haben." „Hund Fritz hat es mir gerade erzählt. Er sagt, es sei der junge Mann, der da drüben auf der Bank sitzt. Nicht hingucken! – Wie bist du denn darauf gekommen, Hund Fritz?" „Das ist eine längere Geschichte. Nelly und ich haben uns an dem Abend geliebt, falls Du weißt, was ich meine." „Ich denke schon, dass ich weiß, was Du meinst." „Ich sage mal Mount Everest. Und nach der Liebe sagte Nelly, ihr sei kalt. Dann sahen wir, dass an der Kapelle die Tür einen Spalt offenstand. Wir sind hineingegangen und haben uns aneinander gekuschelt. Liebe macht müde, deshalb sind wir wohl eingeschlafen. Als ich von einem Geräusch wach wurde, stand dieser Kerl in der Kapelle, schnappte sich zielsicher die Petrus-Figur und weg war er. Ich wollte ihm noch folgen, aber er war mit der Figur wie vom Erdboden verschwunden." „Hund Fritz hat mir gerade erzählt, dass er selbst in der Kapelle war, als dieser Mann in die Kapelle stürzte und es nur auf die Petrus-Figur abgesehen hatte." „Also ein Fall für die Wachhunde," sagte Heinz. „Was würden wir ohne dich nur machen, Hund Fritz," sagte Fritz Hund. „Ihr würdet solche Kriminalfälle ohne mich nicht aufklären," sagte Hund Fritz, „dafür erwarte ich eine Sonderbehandlung." Fritz Hund lachte: „Die Sonderbehandlung hast du doch schon von der Nelly bekommen! – Annett, geh mal bitte zu meinem Auto. Ich habe da ein Seil im Kofferraum. Und im

Handschuhfach sind ein Block und ein Kugelschreiber, die bringe auch bitte mit." „Was schlägst Du vor?" fragte Heinz. „Im Kirchengarten steht eine graue Laterne. Da binden wir ihn an. Um diese Zeit kommt da kein Mensch mehr vorbei. Vorher bekommt er eine übliche Tracht Prügel. An der Laterne nehmen wir dann unsere Gürtel und verabreichen ihm ein paar rote, blaue und grüne Striemen auf nacktem Oberkörper. Und dann soll die Polizei ihn haben." Die beiden Männer gingen zu der Bank, und ohne etwas zu sagen, verprügelten sie den verdutzten Dieb. „Was habe ich gemacht?" schrie dieser. „Du hast die Petrus-Figur aus der Kapelle gestohlen," sagte Fritz, „und stehlen darf man nicht." „Schon gar keine heiligen Männer!" ergänzte Heinz. Annett kam mit dem Seil zurück. „Die Figur soll sehr wertvoll sein," sagte sie, „man weiß nicht genau, aus welchem Jahrhundert sie stammt, stand in der Zeitung." Heinz und Fritz zerrten den Dieb zu der Laterne im Kirchengarten, zogen ihm das Hemd aus und banden ihn mit dem Seil an der grauen Laterne fest. Dann nahmen sie die Gürtel aus ihren Hosen. „Muss das sein?" fragte Annett. „Ja, das muss sein," sagte Fritz, „er muss ja lernen, dass man nicht ungestraft stehlen darf. Sonst lernt er das ja nicht. – Und eins, und zwei, und drei….gab es die Schläge mit den Gürteln. „So, Annett, dann schreib mal auf den Block: *Liebe Polizei. Wenn Ihr Euch beeilt, findet ihr an der grauen Laterne im Kirchengarten den Dieb der Petrus-Figur, die aus der Kapelle entwendet worden ist. – Es grüßen die Wachhunde.* – Und damit geh bitte zur Polizeidienststelle, leg den Zettel vor die Tür, klingele kräftig Sturm und sieh zu, dass Dich keiner sieht. Heinz und ich warten hier auf Dich. Mission erfüllt!" „Aber ich schiff ihm noch ans Bein," sagte Hund Fritz. „Ja, diesmal darfst du ausnahmsweise," sagte Fritz Hund. Annett war gerade erst zurück, da hörte man auch schon die Sirene von dem Polizeiwagen. „Kommt, es wäre nicht gut, wenn man uns hier

sieht," sagte Fritz. „Mission auch
erfüllt," sagte Hund Fritz, und es sah
so aus, als würde er dabei grinsen.
„Und vergiss nicht, eine Mitteilung an
die Presse zu geben. *Diebstahl des
heiligen Petrus so gut wie
aufgeklärt!"* „Ja, ja," sagte Annett,
„*es grüßen die Wachhunde.*"
Zwei Polizeibeamte banden den
Dieb von der Laterne los und
nahmen ihn mit in ihr Polizeiauto.

„Das darf doch nicht wahr sein! Fritz, hör Dir das mal an, was hier heute in der Zeitung steht. *Gefasster Exhibitionist ist ein alter Bekannter der Polizei. Am vergangenen Dienstag saß der Mann im Stadtpark an einem unbeleuchteten Verbindungsweg auf einer Bank. Als zwei junge Frauen vorbeikamen, habe er die Hose heruntergelassen und den beiden obszöne Angebote gemacht. Die Frauen haben ihren Spaziergang fortgesetzt und die Polizei informiert. Wenig später trafen zwei Polizisten an der Stelle ein und konnten den Mann festnehmen. Wie sich dann in der Wache bei der Überprüfung seiner Personalien herausstellte, handelt es sich um den Sexualverbrecher, der in der Osterwoche fast an gleicher Stelle im Stadtpark eine junge Frau vergewaltigt hatte. Der Prozess gegen ihn wegen diesem Verbrechen soll in Kürze vor dem Amtsgericht beginnen.* – Warum läuft so ein altes Schwein überhaupt noch frei herum?" „Weil es gegen ihn noch keinen Schuldspruch gibt," sagte

191

Fritz. „Dem Haftrichter reichte es wohl nicht, ihn ohne ein Verfahren in Gewahrsam zu nehmen." „Dem Haftrichter reichte es nicht! Kein Schuldspruch!" wiederholte Annett, „ist das nicht Schuldspruch genug, was dieses Schwein getan hat? Er hat die Frau aufgelauert, in ein Gebüsch gezerrt und brutal vergewaltigt! Warum müssen wir da eigentlich noch Steuergelder für einen Prozess gegen dieses Schwein vergeuden, anstatt ihn wegzusperren. Weißt Du, was eine Vergewaltigung in einer Frau auslöst? Das wird sie ihr ganzes Leben lang nicht mehr los. Manche sind danach gar nicht mehr in der Lage, eine Partnerschaft einzugehen, weil sie sich immer wieder daran erinnern und davor ekeln." „Ja, mein Schatz," sagte Fritz Hund, „Du hast in allem recht. Aber wir leben in einem Rechtsstaat. Da kann man einen nicht wegsperren, ohne dass er Gelegenheit bekommen hat, sich zu rechtfertigen, ohne juristische Hilfe, ohne einen Richterspruch." „Und dann finanzieren wir ihm auch noch einen Psychiater, der analysieren soll, warum er das eigentlich gemacht hat. So einen Rechtsstaat verstehe ich nicht, Fritz! Und der Mensch ist verheiratet. Was gibt ihm seine Frau nicht?" „Das weiß ich auch nicht." „Hast Du gehört, was er angeblich bei seiner ersten Vernehmung gesagt hat?" „Nein!" „Er hat gesagt, sie hat es ja eigentlich ein bisschen auch gewollt. Lauert sie auf, zerrt sie in das Gebüsch, vergewaltigt sie auf brutalste Weise und sagt: Sie hat es ja eigentlich ein bisschen auch gewollt. Fritz, ich erwarte, dass er von uns eine Strafe bekommt." „Und was soll das sein?" „Entmannen!" „Wir sollen ihn kastrieren?" „Ja! Das werden sie vom Gericht sicher nicht anordnen, also sollten wir das tun. Versprich mir das!!!" „Mein Schatz, ich werde versuchen, über meine Kontakte zum Gericht seinen Namen herauszubekommen. Dann werde ich mit Heinz sprechen, ob er eine Kastration durchführen kann." „Und dann machen wir das!?" „Ja, wenn es Dir so wichtig ist, dann machen

193

wir das." „Das ist mir wichtig. Das ist für alle Frauen wichtig. Das ist auch für die Gerechtigkeit wichtig. Wie kann man so einen Menschen denn noch frei herumlaufen lassen? Ich verstehe das nicht."

Nachdem Fritz Hund Namen und Adresse von dem Sittenstrolch hatte, fragte er seinen Freund Heinz: „Kannst Du das bei mir im Folterkeller machen?" „Ja!" „Dann schlage ich vor, wir gehen ganz dreist zu ihm nach Hause. Seine Frau ist tagsüber auf der Arbeit. Sie arbeitet als Kassiererin im Supermarkt. Nimm Dein Betäubungsgewehr mit, wir schellen bei ihm an der Tür. Und wenn er aufmacht, betäubst Du ihn. Das bekommt in dem Haus keiner mit. Dann packen wir ihn wie gehabt in meinen Kofferraum und fahren ihn zu mir. Einverstanden?" „Ja, so machen wir das!"

Am gleichen Abend saß ein Mann mit einem Schild um den Hals auf einem Stuhl in der Notaufnahme des städtischen Krankenhauses. *Frisch kastrierter Exhibitionist und Sittlichkeitsverbrecher. – Die Wachhunde,* stand auf dem Schild. – „Im Namen aller Frauen: Danke, meine Herren," sagte Annett. „So aufgebracht habe ich Dich noch nie erlebt," sagte Fritz Hund. „Ja, mein Puls ging hoch, als ich gelesen habe, was er gemacht hat und dass er da seelenruhig auf der Bank saß und schon wieder Frauen belästigt hat." „Das Schwein, das Schwein, das Schwein, Du warst ja richtig außer Dir." „Mir ist jetzt wohler, dass er wenigstens diese Strafe bekommen hat." „Vielleicht ist es für ihn gar keine Strafe," sagte der Anwalt. „Jedenfalls bin ich stolz auf die Wachhunde!" „Rechtmäßig ist das alles nicht, was wir machen," sagte Fritz. „Aber gerecht!" sagte Annett.

„Der Lorenz muss vor Gericht. Ein Afrikaner hat ihn wegen rassistischer Anfeindungen und Beleidigungen angezeigt. Lorenz soll ihn Neger genannt und gesagt haben, die nehmen uns die Arbeitsplätze und den bezahlten Wohnraum weg. Schickt das Pack in die Wüste." „Der Lorenz Meyer?" fragte Annett. „Nein, Lorenz mit Hausnamen," sagte Fritz. „Das ist aber wohl kein Fall für die Wachhunde, oder?" sagte Heinz. Fritz lachte: „Vielleicht ein kleiner! Ich hätte da so eine Idee. Fremdenhass ist in unserer Stadt ja auch nicht erwünscht!" „Erzähl!" „Die haben am Samstag ihre Karnevalssitzung. Kostüme erwünscht. Da gehen wir drei hin, jeder mit einer schönen Tiermaske. Annett, besorge mal eine Sprühdose mit dunkelbraunem Lack. Wir werden unseren Lorenz auch mal ein bisschen afrikanisch aussehen lassen." „Du willst ihn mit Lack besprühen?" „Ja klar! Nur sein Gesicht, schön tiefbraun." Annett und Heinz lachten. „Warum sollen wir nicht mal Karneval feiern gehen?" sagte Annett.

Am Samstag zogen sie los. Die Maske von Fritz hatte ein Löwengesicht, die von Heinz ein Hundegesicht und die von Annett war ein süßes Kätzchen. „Hast Du den Sprühlack?" fragte Fritz. „Ja, in meiner Handtasche," sagte Annett. „Hier, tu bitte die alte Brille von mir noch mit in Deine Handtasche, die werden wir zuerst brauchen, damit wir ihm nicht in die Augen sprühen." „Fritz und ich halten den Lorenz fest," sagte Heinz zu Annett, „und Du setzt ihm die Brille auf und sprühst ihm das Gesicht bis zum Hals schön braun ein." „Alles klar!!!" „Wir müssen nur den richtigen Moment finden, dass wir Lorenz alleine zu packen kriegen."

Und der richtige Moment kam. „Da!!! Er geht zur Toilette! Hinterher!!!" Lorenz stand in der Toilette. „Ihr seht lustig aus," sagte er, als die drei reinkamen. „Du gleich auch!" sagte Fritz. Dann packten Fritz und Heinz kräftig zu. Herr Lorenz hat sich vor Schreck in die Hose gemacht. Dann ging alles ganz schnell. Annett setzte dem Lorenz die Brille auf, holte die

Sprühflasche aus ihrer Handtasche und betätigte sich als hervorragende Sprayerin. Lorenz sah wirklich in wenigen Minuten so aus, als wäre er gerade aus Südafrika angekommen. „So kannst Du zur Gerichtsverhandlung gehen," sagte Heinz; denn ein paar Monate wird es dauern, bis Deine Haut die Farbe wieder abstößt." „Das macht sich ja auch gut," sagte Fritz, „wenn Du dem Richter sagst, der Neger ist von Dir ein Bruder im Geiste." „Mehr im Gesicht als im Geiste," sagte Annett. Herr Lorenz war so verdutzt, dass er gar kein Wort hervorbrachte. Er starrte sich nur mit weit aufgerissenen Augen im Spiegel an. Lachend und Arm in Arm zogen die drei wieder nach Hause und sangen dazu: „Schwarzbraun ist die Haselnuss, schwarzbraun bist auch du, bist auch du…."

„Hallo Fritz. Die Post ist da." „Ist was
Besonderes dabei?" „Ein Brief von
einem Anwalt aus Mainz." „Lies vor!"
„Er schreibt: Sehr geehrter Kollege,
wir vertreten die Interessen des
Zweiten Deutschen Fernsehens.
Mir liegt ein Schreiben von Ihnen vor,
wonach Sie im Namen Ihres Klienten
Karl-Friedrich von Bandow
gerichtliche Schritte gegen das ZDF
erwägen mit der Begründung, der
Sender würde eine Kloakensprache
anstatt der deutschen Sprache
verbreiten. Ich weiß nicht, was sie
bewogen hat, so eine aussichtslose
und absurde Mandantschaft
anzunehmen. Als Jurist wird es
Ihnen genauso klar sein wie mir,
dass es gar nicht zu einer Klage
kommen wird, da die Gerichte eine
solche als unzulässig und
widersinnig abweisen werden.
Zur Vermeidung unnötiger Arbeit und
unnötiger Kosten, die ausschließlich
bei Ihrem Mandanten hängen
bleiben würden, ersuche ich Sie, die
Angelegenheit noch einmal zu
überdenken und Ihr Ansinnen
zurückzunehmen.

Mit kollegialen Grüßen....."
„Na, das ist doch ein schöner Brief,
Annett. Bitte eine Kopie davon und
von meinem Schreiben an das ZDF
an die Deutsche Presse-Agentur in
Hamburg." „Hat er nicht recht, dass
wir keine Chance haben?" „Natürlich
hat er recht. Aber ich lasse mir doch
diese Story in der Presse nicht
entgehen! Kleiner Anwalt klagt
gegen die Medien-Riesen, weil sie
die deutsche Sprache nicht
beherrschen und die Jugend mit
einer Kloakensprache verderben.
So eine PR für meine Kanzlei ist
unbezahlbar!"

Am nächsten Tag kam ein Schreiben
von einem Rechtsanwalt in Berlin.
„Soll ich vorlesen?" „Ja, Schatz, lies
vor!" sagte Fritz Hund.
„Sehr geehrter Herr Kollege, wir
vertreten die Interessen der ARD.
Uns liegt von Ihnen ein Schreiben
vor, wonach Sie die Interessen eines
Herrn Karl-Friedrich von Bandow
vertreten und Sie der ARD
vorwerfen, sie würde eine
Kloakensprache verbreiten.
Wir fordern Sie hiermit auf, dies
innerhalb von drei Wochen zu
widerrufen. Ansonsten müssen wir
leider mit einer einstweiligen
Verfügung reagieren und
Unterlassungsklage einreichen.
Hochachtungsvoll...."
„Sieh an, die ARD dreht den Spieß
gleich um und will gegen uns
klagen." „Und was jetzt?" fragte
Annett. „Jetzt schickst Du auch von
diesem Brief eine Kopie an die
Deutsche Presse-Agentur!" „Und
was machen wir mit der ARD?" „Ich
werde dem Anwalt schreiben, er soll
sich mal meinen Schriftsatz
durchlesen und den Inhalt dann mit

den Sendungen in der ARD vergleichen. Ob er dann immer noch eine einstweilige Verfügung für aussichtsreich hält. Und meine Briefe an die beiden Anwälte gehen natürlich auch an die Deutsche Presse-Agentur in Hamburg." „Du kommst doch gegen die Anwälte der ARD nicht an," sagte Annett. „Ich weiß," sagte Fritz lachend.

Sehr geehrter Herr Kollege,

ob die Gerichte eine solche Klage abweisen werden, sollten wir den Gerichten überlassen. Ich gehe davon aus, dass Sie auch in der Schule das Fach Deutsch hatten. Kam da in jedem Satz das Wort „halt" vor? Ihre Mandantin hat mit diesem Dummschwätzervirus fast das ganze Volk infiziert. Vermutlich haben Sie bis zu Ihrem Jurastudium auch mal Goethe und Schiller gelesen. Kam da in jedem Satz das Wort „halt" vor, haben die als und wie und scheinbar mit anscheinend verwechselt? Hat man Ihnen den Unterschied nicht auch in der Schule beigebracht? War da alles und jeder geil? Haben Sie nicht auch gelernt, dass es eine Vergangenheitsform gibt, dass man gestern nicht gewinnt, sondern gewann?– Und dann schalten Sie mal das ZDF ein, dessen Interessen Sie vertreten. Dann können Sie vielleicht nachvollziehen, dass mein Mandant nicht möchte, dass sein Enkel von dem „Deutsch", das da gesprochen wird, infiziert wird. Kaum ein Satz ohne halt, Verwechslung von als und wie, scheinbar anstatt anscheinend. Wer hat das denn verbreitet, dass inzwischen fast die ganze Gesellschaft so spricht? Wer hat das verbreitet und verbreitet es immer noch täglich, dass alles und jeder „geil" ist? Woher nimmt Ihre Mandantin diese Arroganz, einfach die Vergangenheitsform abzuschaffen? Oder ist es Dummheit und man weiß es nicht besser? Fragen Sie doch mal die Programmgestalter, ob sie noch nie etwas vom Präteritum, Perfekt und Plusquamperfekt gehört haben! Und dann mutmaßen Sie, das wäre absurd und aussichtslos, dagegen endlich etwas zu unternehmen und zur Rettung des Kulturgutes deutsche Sprache beizutragen? Ihre Mandantin brüstet sich sogar mit einem Bildungsauftrag! Ich glaube, Sie sollten noch einmal Ihren Standpunkt überdenken, bevor Sie uns sagen, die Gerichte würden eine solche Klage als unzulässig abweisen. Was

soll daran unzulässig sein, von einem Sender, der einen Bildungsauftrag hat und dafür viel Geld bekommt, zumindest zu erwarten, dass in seinen Sendungen akzeptables Deutsch gesprochen wird?
Mit kollegialen Grüßen,
RA Fritz Hund

„Annett, Kopie bitte an die Deutsche Presse-Agentur."

„Alter, ich weiß, wer der alten Dame das Portemonnaie aus der Tasche geklaut hat," sagte Hund Fritz. „Welcher alten Dame?" fragte Fritz Hund. „Das will ich Dir ja gerade erzählen! Sie stand mit ihrem Einkaufswagen vor der Kasse im Supermarkt und hatte ihre Tasche in dem Einkaufswagen. Da kam von hinten dieser Typ, drängte sich an der Schlange vorbei, schubste die alte Dame leicht nach vorne und griff dabei in ihre Tasche." „Was machst Du im Supermarkt? Da darfst Du doch gar nicht rein!" „War ich ja auch nicht. Ich stand an der geöffneten Tür. Von da kann man genau auf die Kasse 1 gucken. Der Typ schnappte sich aus der Tasche das Portemonnaie und rannte damit nach draußen und an mir vorbei." „Und Du hinter ihm her." „So ist es. Ich habe ihn ganz unauffällig verfolgt. Das Portemonnaie konnte ich ihm ja nicht abnehmen, also wollte ich wissen, wo er wohnt." „Und das weißt Du jetzt?" „Ja, das weiß ich jetzt. Er verschwand in der Weststraße in

dem roten Haus, in dem die Flüchtlinge untergebracht sind."
„Gut gemacht, Fritz! Du erkennst ihn wieder?" „Ja natürlich!" „Dann werde ich den Heinz anrufen, und wir drei werden uns mal an dem Flüchtlingslager auf die Lauer legen."
„Da sitzt er ja!" sagte Hund Fritz. „Der da auf der Treppe sitzt?" fragte Fritz Hund. „Ja, das ist er!" „Dann nehmen wir ihn uns mal vor," sagte Heinz. Sie gingen zu dem Flüchtlingsheim rüber, Fritz setzte sich rechts und Heinz links von dem Portemonnaie-Dieb auf die Treppe. Als dieser aufstehen wollte, hielt Fritz ihn am Arm fest. „Moment!" sagte Fritz. „Was ihr wollt?" fragte der Ausländer. „Was ihr wollt ist eine Komödie von Shakespeare," sagte Heinz. „Ich nix Deutsch!" „Und wir nix Albanisch!" sagte Fritz. „Du hast im Supermarkt einer alten Frau das Portemonnaie aus der Einkaufstasche geklaut. Das gehst Du jetzt holen." „Ich nix Deutsch," sagte er wieder. „Nein, Du nix Deutsch," sagte Heinz, „aber Du Aua, wenn es gleich was auf die

Fresse gibt. Deshalb holst Du jetzt das Portemonnaie und wir sorgen dafür, dass die alte Frau es zurückbekommt. Aber bitte mit Inhalt, auch mit dem Geld, das drin war." „Ich geh holen," sagte der Ausländer. „Und ich geh mit," sagte Heinz. „Du willst mit ihm gehen?" fragte Fritz. „Ja klar! Wartet ihr hier unten auf mich. Na los, gehen wir!" Der junge Dieb und Heinz gingen in das Flüchtlingsheim. Es dauerte nur wenige Minuten, da war Heinz wieder zurück. „Hast Du das Portemonnaie?" fragte Fritz. „Nein!" „Warum nicht?" „Dieser junge Albaner ist ein Krimineller." „Ja, natürlich, jeder Dieb ist ein Krimineller." „Er ist noch eine Nummer größer," sagte Heinz. Als wir in sein Zimmer kamen, ging er auf einen Schrank zu und öffnete die Schublade. Ich dachte ja, da hat er das Portemonnaie. Er holte eine Pistole aus der Schublade, entsicherte sie, richtete sie auf mich und sagte: „Und jetzt verpiss Dich!" „Ach, so viel Deutsch kann er schon," sagte Fritz. „Die Geschichte ist für ihn noch nicht zu Ende!" „Nee, die ist für ihn noch nicht zu Ende!" wiederholte Fritz. „Den holen wir uns noch," sagte der Hund. „Hund Fritz sagte gerade, den holen wir uns noch," sagte Fritz zu Heinz. „Worauf er sich verlassen kann!" sagte Heinz. Und sie holten ihn sich. Am nächsten Tag um die gleiche Zeit saß der Albaner wieder auf der Treppe vor dem Flüchtlingsheim. Diesmal hatte Heinz sein Betäubungsgewehr mit im Auto. „Ich fahre langsam an ihm vorbei und dann drückst Du ab," sagte Fritz. „Fahr los!" Als der Albaner aus der Betäubung wieder erwachte, war er im Keller von Heinz an den Stuhl gefesselt. Er guckte die beiden ganz entgeistert an. „Ich habe mich nur vorübergehend mal verpisst," sagte Heinz, „jetzt bin ich wieder da. Das Argument Deiner Pistole war mir zu groß, aber jetzt bestimmen wir wieder die Spielregeln." „Wo ich hier bin? Wie ich hier hingekommen?" „Du warst auf einmal da," sagte Fritz. „Wir haben gedacht, Du bist gekommen, um uns das Portemonnaie zu bringen. Aber wenn Du es noch nicht mitgebracht hast, ist es auch nicht schlimm. Dann werden wir Dich erst noch ein bisschen weichklopfen. Das wirst Du schon verstehen, dazu reicht Dein Deutsch völlig aus." „Was habt Ihr mit Oma im Supermarkt zu tun?" „Nicht viel," sagte Heinz, „Oma tut uns nur leid, dass ein Verbrecher die Gastfreundschaft unseres Landes ausnutzt und ihr auch noch einen Teil ihrer knappen Rente klaut." „Und wenn ich Börse zurückgebe?" fragte der Albaner. „Ja, natürlich gibst Du Börse zurück!" sagte Fritz, „daran besteht gar kein Zweifel, „und eine Anzeige gibt es auch, die Polizei wird Dich besuchen, und Deine Aufenthaltsgenehmigung wird noch einmal überprüft." „Und dann wird geprüft, ob Du einen Waffenschein besitzt, sonst gibt es dafür auch noch eine Anzeige. Da kommt einiges auf Dich zu," sagte Heinz. „Ich gebe doch Börse zurück." „Wer weiß, wie viele Börsen Du schon geklaut hast. Erst gibt es jetzt mal eine Tracht Prügel!" Nachdem der Dieb einige blaue Flecken hatte, banden ihn Fritz und Heinz vom Stuhl los und brachten ihn zum Eingang des Supermarktes. „Von hier kennst Du ja den Weg nach Hause. Jetzt holst Du das Portemonnaie und die Pistole. Wir warten hier auf Dich. Wenn Du in zwanzig Minuten nicht wieder hier bist, wirst Du abgeholt. Aber beim nächsten Mal tut es mehr weh! Hast Du uns verstanden?" „Ich geh! Ich geh!" sagte der Albaner. In einer viertel Stunde war er auch wieder zurück und überreichte Fritz das Portemonnaie." „Alles noch drin?" frage Fritz. „Ja, ist alles wieder in Börse." Heinz streckte die Hand aus: „Und die Pistole bitte." „Dann ich nicht kann verteidigen," sagte er. „Wer sich hier anständig aufführt, braucht keine Waffe zur Verteidigung. Die Pistole bitte!!!" Der Albaner gab Heinz widerwillig auch die Pistole. „Dann kannst Du jetzt gehen!" sagte Fritz. „Oder wie Du es nennen würdest: Verpiss Dich," sagte Heinz.

„Chef, hier ist ein Päckchen angekommen," sagte der Stellvertreter im Polizeirevier zu seinem Chef, „ein Portemonnaie und eine Schusswaffe." „Kein Schreiben dabei?" „Doch, Chef. Von den Wachhunden!" „Die schon wieder! Ich werde wahnsinnig!" „Jawohl, Chef." „Was schreiben sie?" „Die Pistole gehört einem Albaner. Er wohnt in der Weststraße in dem Flüchtlingsheim. Sie haben sich seinen Pass zeigen lassen und können uns deshalb seinen Namen mitteilen. Wir hätten doch sicher die Personalien der alten Frau, der man im Supermarkt an der Kasse das Portemonnaie aus der Tasche geklaut hat. Der Täter war dieser Albaner und dessen Personalien steuern sie zur Bearbeitung bei. Die Wachhunde schreiben, dass sie hoffen, dass auf diesem Wege die alte Dame ihr Portemonnaie zurückbekommt. Und wir sollten uns auch einmal darum kümmern, ob der Albaner einen Waffenschein besitzt und ansonsten die Pistole einziehen und eine Anzeige wegen unerlaubten

Waffenbesitzes veranlassen." „Die Idioten! Wollen sie uns sagen, was wir zu tun haben?" sagte der Leiter der Polizeidienststelle. „Chef, und dann schreiben sie noch, dass der Albaner einen von ihnen mit entsicherter Waffe bedroht hat.

„So ein Blödsinn!" sagte der Chef, „wie wollen sie ihm dann die entsicherte Waffe weggenommen haben?" „Ja, bei den Wachhunden scheint ja vieles ungewöhnlich aber möglich zu sein, Chef." „Blödmann, was reden Sie denn da!?" „Das haben Sie doch selbst auch gesagt, Chef." Das ist doch etwas ganz anderes, ob ich das sage oder Sie!" „Jawohl, Chef!" „Diese Wachhunde bringen mich noch ins Grab!" „Jawohl, Chef!" „Jawohl Chef, jawohl Chef, haben Sie nichts zu tun?" „Doch Chef!" „Dann tun Sie was!!!" „Jawohl, Chef!"

„Fritz, wo warst Du denn solange? Wir haben uns Sorgen um Dich gemacht," sagte Fritz Hund zu Hund Fritz. „Ich war eingesperrt," sagte der Hund, „aber ich habe die Autodiebe ausfindig gemacht, von denen Annett aus der Zeitung vorgelesen hat." „Die Golf-Diebe?" „Genau die!" „Wie hast Du das denn geschafft? Und die haben Dich eingesperrt?" „Eigentlich habe ich mich selbst eingesperrt. Sie haben das gar nicht gemerkt. Der Boss heißt Robert. Er hat noch zwei Helfer." „Erzähl mal von Anfang an!" „Ja, von Anfang an. – Das war gestern Abend. Da gingen zwei Gestalten auf einen geparkten Golf zu. Man erkannte schon von Weitem, dass die nichts Gutes im Schilde führten und dass das niemals die Besitzer des Autos waren. Der eine stand nur Schmiere, beobachtete immer die Straße und den Parkplatz von allen Seiten." „Wo war das denn?" „Das war am Bahnhofsplatz. Der andere holte eine Drahtschlinge aus der Tasche und schob den Draht an der Autoscheibe hinter das Dichtungsgummi." „Spezialisiert auf die Marke Golf," sagte Fritz. „Ja, es war auch ein Golf. Er fummelte da eine ganze Zeit herum. Dann drehte er sich zu seinem Kumpan um und hob einen Daumen. Das war das Zeichen, dass er es geschafft hatte. Der Kumpan kam dann auch zu dem Wagen. Und als sie die Türen öffneten, sprang ich rein." „In das Auto???" fragte Fritz Hund. „Was hätte ich machen sollen? Dem Auto folgen? So schnell bin ich nicht!" „Und die haben das nicht gemerkt?" „Die waren viel zu viel mit sich und mit dem geklauten Auto beschäftigt; denn sie mussten den Wagen ja auch noch kurzschließen, damit er ansprang. Ich legte mich vor den Rücksitz. Sie stiegen beide vorne ein. Der Robert, wie ihn sein Kumpel nannte, hat den Wagen gefahren. Der andere saß auf der Beifahrerseite. Wir fuhren zum Brunnenweg. Kennst Du da die alte Scheune?" „Ja, die kenne ich. Ganz früher war da mal am Wochenende Tanz für die jungen Leute." „Jetzt ist da kein Tanz," sagte der Hund, „jetzt werden da geklaute Autos auseinandergenommen. Da standen mindestens sechs Motoren rum und andere Ersatzteile. Da haben sie auch gestern den Golf reingefahren. Vor der Scheune wartete noch ein dritter Mann. Mich haben sie nicht bemerkt, aber ich kam nicht schnell genug wieder aus der Scheune raus. Sie hielten sich auch nicht lange auf. Ehe ich mich versehen hatte, war die Tür zu, und ich saß eingesperrt in der Scheune. Heute Morgen kam der Robert alleine. Zum Glück ließ er die Tür nur angelehnt, da konnte ich endlich raus." „Na, mein Hund, da hast Du ja einen dicken Fang gemacht mit den Golf-Dieben!" „Dann lass mal ein Leckerli rüberwachsen!" sagte der Hund. „Das hast Du Dir verdient!" Als an diesem Morgen Freund Heinz kam, hatte Hund Fritz schon fast ein ganzes Paket Leckerlis verspeist. Annett hat nämlich auch noch fleißig mitgeholfen, ihm welche zuzuwerfen. „Heinz, unser Hund Fritz hat die Golf-Diebe erwischt!" sagte Fritz Hund. „Die Golf-Diebe? Alle Achtung! Da wird sich die Polizei ja freuen." „Und die Presse hat wieder einen wunderbaren Artikel." „Zuerst müssen wir mal überlegen, was wir mit den Dieben machen," sagte Heinz. „Es sind drei Mann," erzählte Fritz, „ein Robert ist der Boss. Und er hat noch zwei Helfer." „So etwas können wir in unserer Stadt überhaupt nicht gebrauchen!" sagte Heinz. „Ich schlage vor, wir holen uns erst mal den Boss." „Ja, so sehe ich das auch," sagte Fritz. „Nimm aber Dein Betäubungsgewehr mit. Freiwillig wird der nicht bei uns ins Auto steigen." „Komm, Hund, wir fahren zu der Scheune." „Ich muss noch erst das Gewehr holen," sagte Heinz. - Als Heinz mit dem Betäubungsgewehr zurückkkam, hatte Fritz auch der Annett von der neuen Heldentat von Hund Fritz ausführlich erzählt. „Ich hatte solche Angst, dass dem armen Hund was passiert ist," sagte Annett. „Also los, holen wir uns den Robert." „Vorausgesetzt, er ist überhaupt an der Scheune," sagte Heinz, „oder habt Ihr noch eine andere Adresse von ihm?" „Nein."

„Also auf zur Scheune im Brunnenweg!" Besser konnte man das gar nicht abpassen. Als die beiden und der Hund dort ankamen, schloss der Autodieb gerade von außen die Scheune ab. „Das ist der Robert!" sagte Hund Fritz. „Na, das passt ja hervorragend," sagte Fritz. „Leg Deine Flinte an, Heinz!" Kurze Zeit später packten sie den betäubten Autodieb in den Kofferraum. „Erst mal in den Folterkeller mit ihm," sagte Fritz, „und wir fesseln ihn. Sicher ist sicher! Annett, guck doch bitte mal, ob er ein Handy und Papiere bei sich hat." Während Fritz und Heinz den Autodieb an den Stuhl fesselten, durchsuchte Annett seine Taschen. „Ja, hier ein Handy! Und einen Ausweis hat er auch bei sich. Robert Lewankowski, - ein Pole!" sagte Annett. „Ein Pole, was sonst?" sagte Fritz, „die Polen klauen uns die Autos!" „Heißt so nicht ein Fußballspieler von München?" fragte Annett. „Der heißt Lewandowski," sagte Fritz. Und Heinz fragte: „Warum legt sich der Lewandowski

im Supermarkt vor die Wursttheke?"
„Weiß nicht! Tut er das? Warum?"
„Der will einen Elfmeter!" sagte
Heinz.Die beiden Männer lachten.
„Ja, er ist der größte
Elfmeterschinder der ganzen
Bundesliga," sagte Fritz. „Darum
wählen sie ihn ja auch zum Sportler
des Jahres!" sagte Heinz.
„Das ist doch der unsportlichste
Vogel, der in der ganzen Bundesliga
rumläuft," sagte Fritz. „Aber das ist in
anderen Bereichen ja auch so. Die
das Bundesverdienstkreuz verliehen
kriegen, sind auch nicht immer die
besten Menschen." „Aber der
Lewandowski klaut keine Autos."
„Weiß man's?" „Und was habt Ihr
jetzt mit ihm vor?" fragte Annett. „Ich
bin dafür, dass wir ihm Handy und
Papiere wegnehmen und ihn nach
Polen bringen. In unserer Stadt
brauchen wir keine Autodiebe," sagte
Fritz. „Gute Idee!" sagte Heinz.
„Machen wir einen Ausflug mit ihm
nach Polen." „Annett, schreib Du
bitte einen Brief an die Polizei, dass
wir den Golfdiebstahl in unserer
Stadt aufklären konnten, dass es

sich vermutlich um einen Täter und zwei Helfer handelt und wir den Kopf der Bande, einen Polen namens Robert Lewankowski in Polen aussetzen werden. Die Polizei möge sich bitte um dessen Helfer kümmern, die sie vermutlich in der Scheune am Brunnenweg antrifft, wo sich auch die gestohlenen Autos befinden und anscheinend zum Verkauf auseinandergenommen werden. Den Brief schick dann bitte heute noch ab, dann hat die Polizei ihn morgen in der Post und wir sind in Polen," sagte Fritz. „Der Presse mache bitte auch eine Kopie." „Der Deutschen Presse-Agentur?" „Nein, die Lokalpresse reicht. Das Handy von dem Polen kannst Du hierbehalten. Den Ausweis müssen wir für die Grenze mitnehmen." „Also fahren wir morgen los?" fragte Heinz. „Ja. Oder willst Du heute noch fahren?" „Nein, nein," sagte Fritz, „morgen ist in Ordnung. Den Hund nehmen wir mit. Ihm haben wir ja diesen Fang zu verdanken. Er kann unterwegs auf den Polen aufpassen, dass der nicht auf dumme Gedanken kommt. Dann brauchen wir ihn auch nicht im Kofferraum zu verstecken." „Unser Gast ruft nach uns," sagte Fritz am nächsten Morgen. „Wo ist mein Handy?" sagte der Pole, als Heinz und Fritz in den Kellerraum kamen. „Deinem Handy geht es gut," sagte Fritz, „wen wolltest Du anrufen?" „Wer seid Ihr? Wie bin ich hierhin gekommen? Was wollt Ihr von mir?" „Wir wollten Dich fragen, ob Du einen schönen Golf GTI für uns hast," sagte Heinz. „Ich versteh nicht!" „O doch, Pole, Du verstehst uns ganz genau. Oder sollen wir lieber Herr Lewankowski zu Dir sagen?" „Was wollt Ihr von mir?" „Wir machen heute einen Ausflug," sagte Fritz. „Einen Ausflug? Was für einen Ausflug?" „Lass Dich überraschen," sagte Heinz. „Bindet mich mal von dem blöden Stuhl hier los!" „Das machen wir gleich," sagte Fritz. „Und wenn Du kooperativ bist und versprichst, uns keinen Ärger zu machen, dann lassen wir Dich auf der Fahrt ohne Fesseln und ohne Knebel hinten im Auto sitzen." „Auf welcher Fahrt?" „Das habe ich Dir doch gerade gesagt: Wir machen einen Ausflug," sagte Fritz. „Neben Dir wird ein Hund sitzen und ein bisschen auf Dich aufpassen. Der hat verdammt scharfe Zähne und versteht keinen Spaß, wenn uns einer überrumpeln will." „Ein Hund? Ich habe eine Haar-Allergie." „Das ist Dir wohl gerade eingefallen, was?" sagte Heinz. „Keine Mätzchen, mein Lieber, dann passiert Dir gar nichts." Hund Fritz wartete schon oben an der Tür und war mächtig stolz darauf, dass er als Hauptperson mitfahren durfte. Wann kommt ein Hund schon mal nach Polen? Da hat er doch der Nelly wieder eine schöne Geschichte zu erzählen, wenn sie von der Fahrt zurück sind. Nur einmal knurrte Hund Fritz auf der Fahrt bedrohlich, als der Pole die Hand in seine Tasche steckte. „Nase putzen!" sagte Lewankowski. „Das ist schon in Ordnung, Hund," sagte Fritz. Fritz fuhr den Wagen, Heinz saß daneben und Hund Fritz saß neben dem Polen auf dem Rücksitz. Nach sechs Stunden fuhren sie über die Oder-Stadtbrücke in Frankfurt an der Oder. „Auf der anderen Seite ist Polen," sagte Fritz. „Hier ist Dein Ausweis für die Grenzkontrolle," sagte Fritz und gab dem Polen den Ausweis. „Wenn wir über die Grenze sind, gibst Du ihn mir zurück, okay?" Der Pole knurrte ein paar polnische Worte, die die beiden nicht verstanden. Hund Fritz hielt das für eine Aufforderung, auch mal wieder zu knurren. „Slubice, wir sind in Polen," sagte Heinz. „Das klappte ja ganz gut," sagte Fritz. „Könnt Ihr mir mal erklären, was wir hier sollen?" sagte der Pole. „Vielleicht mögen es Deine Landsleute, wenn Du ihnen Autos klaust," sagte Heinz. „Wir mögen das bei uns nicht. Deshalb haben wir uns die Mühe gemacht und Dich nach Hause gebracht." „Gib mal den Ausweis wieder her, bevor wir das vergessen!" sagte Fritz. Der Pole folgte dieser Aufforderung erst, als Hund Fritz böse knurrte. „Wir fahren noch ein Stück landeinwärts," sagte Fritz. Als sie an ein Waldgebiet kamen, fuhr er dort in einen Feldweg und noch ein Stück in den Wald hinein. Dann blieb er stehen. „So,

Herr Lewankowski, hier können Sie aussteigen!" sagte Fritz. „Hier im Wald wollt Ihr mich aussetzen?" „Das ist auch schöne Heimat!" sagte Heinz. „Los, steig aus!!!" Hund Fritz knurrte wieder. Der Pole fluchte etwas auf Polnisch, dann stieg er aus. Fritz wendete an einer Lichtung. Am Abend waren sie wieder zu Hause. Annett hatte schon auf sie gewartet. „Alles erledigt?" fragte sie. „Alles bestens!" sagte Fritz. „Der Brief an die Polizei ist auch raus," sagte Annett. „Unsere Stadt wird immer sauberer," sagte Fritz, „dann werden die häufigen Autodiebstähle ja wohl auch abnehmen." „Und die Polizei wird sich freuen," sagte Heinz, „dass wir wieder mal ganze Arbeit geleistet haben." „Da bin ich nicht so sicher, dass die sich darüber freuen," sagte Fritz. „Nennen wir es mal geteilte Freude," sagte Heinz, „mit einem lachenden und mit einem weinenden Auge." „Ein Auge Freude darüber, dass die Gangster geschnappt sind und ein Auge Wut, dass wir es wieder waren," sagte Fritz.

„Chef, ich habe schon mal Kaffee gekocht. Darf ich Ihnen eine Tasse einschenken?" „Ja, das ist ja mal ein Empfang, Herr Kollege. Ich habe aber heute keinen Geburtstag. Gibt es sonst was Neues?" „Trinken Sie doch erst mal eine Tasse Kaffee!" „Sagen Sie nicht Wachhunde!!!" „Mit oder ohne Zucker, Chef?" „Also schon wieder die Wachhunde. Was denn diesmal?" „Hier Chef, trinken Sie erst mal eine Tasse frischen Kaffee." „Wenn ich den Namen nur höre, vergeht mir jeder Appetit. Wem sind die Drecksäcke denn jetzt schon wieder auf der Spur?" „Soll ich es Ihnen vorlesen?" „Ich bitte darum!" *„Sehr geehrte Herren der Polizei, wir haben eine gute Nachricht für Sie. Es ist uns so gut wie gelungen, die ständigen Autodiebstähle in unserer Stadt aufzuklären."* „Aufzuklären! Gute Nachricht! Was haben diese Drecksäcke hier in der Stadt aufzuklären!?" schimpfte der Revierleiter. „Soll ich weiterlesen?" fragte sein Vertreter. „Lesen Sie weiter!" *„Es handelt sich offensichtlich um ein Trio. Ihr*

*Anführer ist ein Pole. Sein Name ist Robert Lewankowski".* „Robert Lewandowski?" sagte der Chef, „die nehmen uns auf den Arm. Wissen Sie, wer Robert Lewandowski ist?" „Lewankowski!" sagte der Vertreter. „Das ist ein polnischer Fußballspieler." „Ja, aber hier steht nicht Lewandowski, sondern Lewankowski. Mit k wie Kommissar." „Lassen Sie die dummen Witze! Lesen Sie weiter!"

*Ihr Anführer ist ein Pole. Sein Name ist Robert Lewankowski."* „Das hatten wir schon! Weiter!" *„Die Namen seiner beiden Helfer sind uns nicht bekannt. Vielleicht kann die Polizei das ja ermitteln?"* „Drecksäcke!" sagte der Revierleiter. *„Da wir in unserer Stadt keine Autodiebe wünschen, die jeden Tag einen Golf klauen, haben wir den Anführer der Bande, also den Robert Lewankowski, nach Polen gebracht und dort ohne Papiere im Wald ausgesetzt."* „Das darf doch wohl nicht wahr sein!!!" schimpfte der Revierleiter. „Die werden ja immer dreister!" „Die Autodiebe?" sagte der

Vertreter. „Idiot!" sagte der Revierleiter, „diese Wachhunde werden immer dreister. Was erlauben die sich denn eigentlich? Glauben sie, hier kann jeder Selbstjustiz spielen? Autodiebe gehören vor ein deutsches Gericht und nicht in den polnischen Wald!" „Selbstjustiz spielen," wiederholte der Vertreter. Soll ich weiterlesen?" „Ja, verdammt, lesen Sie weiter!" *„Ohne Papiere im Wald ausgesetzt."* „Das hatten wir schon!!!" *„Wenn Sie sich sofort um die Sache kümmern, werden Sie die Helfer vermutlich in der alten Scheune am Brunnenweg antreffen. Dort finden Sie auch die in letzter Zeit gestohlenen Fahrzeuge bzw. deren ausgebauten Ersatzteile. Offensichtlich werden dort in der Scheune die Motoren usw. aus den Fahrzeugen ausgebaut und dann vermutlich verkauft. Das wäre noch alles zu klären. Mit freundlichen Grüßen, die Wachhunde."* „Das wäre noch alles zu klären. Das ist ja eine Unverschämtheit, wie die sich in unsere Polizeiarbeit einmischen!!!" „Ja, Chef. – Noch einen Kaffee?"

„Wir fahren jetzt sofort zu der Scheune." „Ja, Chef." „Und ich wette mit Ihnen, die Drecksäcke haben das auch wieder der Presse mitgeteilt. Morgen steht das mit dicker Überschrift in der Zeitung. Ich sehe das schon vor mir: Wachhunde bringen Golfdiebe zur Strecke."

„Ja, Chef." „Holen Sie den Wagen, Sie fahren" „Ja, Chef." „Dann holen Sie den Wagen!" „Der steht vor dem Präsidium, Chef." „Ja, worauf warten Sie dann noch?" „Zum Brunnenweg?" „Ja, dachten Sie, zur Eisdiele? Haben Sie die Autoschlüssel?" „Ja, Chef." „Also los, zu der alten Scheune im Brunnenweg." „Ja, Chef." „Und vergessen Sie Ihre Schusswaffe nicht. Bei solchen Leuten weiß man nie." „Ja, Chef. Aber ich schieße nicht auf Menschen." „Dann werden Sie Förster oder Jäger, da können Sie auf Wildschweine schießen." „Ja, Chef! Aber ich schieße auch nicht auf Wildschweine." „Ich schieße gleich auf Sie und am liebsten auf die Wachhunde," sagte der

Revierleiter, jetzt fahren Sie endlich los." „Ja, Chef!"

„Hallo!" sagte der kleine blonde Junge. „Na, Du Wuschelkopf, was kann ich denn für Dich tun?" fragte Herr Hund. „Sie sind doch Rechtsanwalt, oder?" „Ja, das bin ich!" „Und Sie helfen Menschen, denen Unrecht getan wurde, oder?" „Ja, ich helfe Menschen, denen Unrecht getan wurde." „Helfen Sie auch Kindern?" „Kindern auch, wenn sie durch ihre Eltern vertreten werden." „Aber ich hab doch keine Eltern mehr." „Oh! Das tut mir leid, mein Junge! Bei wem lebst Du denn?" „Bei Opa und Tante Hilde." „Und Du meinst, Du brauchst einen Rechtsanwalt?" „Ja. – Aber ich sage es Ihnen gleich, ich habe kein Geld, und kann Sie nicht bezahlen." „Worum geht es denn überhaupt?" „Die haben mir meinen neuen Ball weggenommen, den mir mein Opa geschenkt hat." „Wer hat Dir den weggenommen?" „Die Jungs!" „Welche Jungs?" „Die großen Jungs!" „Und wo sind die großen Jungs?" „Auf dem Kirchplatz. Die spielen da mit meinem Ball." „Warum spielst Du denn nicht mit?" „Lassen sie mich ja nicht. Sie haben mir den Ball weggenommen und mich weggejagt." „Und dann bist Du gegangen?" „Sonst hätten die mich doch verprügelt. Das haben sie auch gesagt." Fritz Hund runzelte die Stirn. „Sie haben Dir den Ball weggenommen und Dir angedroht, Dich zu verprügeln, wenn Du nicht abhaust." „Ja! Und darum dachte ich, Sie könnten mir doch bestimmt helfen." „Wie bist Du denn ausgerechnet darauf gekommen, dass ich Dir helfen kann?" „Weil doch draußen an Ihrem Haus das Schild hängt, auf dem steht, dass Sie ein Rechtsanwalt sind." „Aha, das ist logisch!" „Helfen Sie mir denn, auch wenn ich Sie nicht bezahlen kann?" „Hund Fritz, was meinst Du, wir beide werden uns die Jungs mal angucken, oder?" „Das ist aber ein schöner Hund," sagte der Junge. „Und ein kluger Hund," sagte Herr Hund. „Dann komm, zeig mir mal die Jungs und Deinen Ball." Fritz Hund, der blonde Junge und Hund Fritz machten sich auf den Weg zum Kirchplatz. Da spielten tatsächlich ein paar Jungs Fußball. „Kommt mal her," sagte Fritz Hund, „wem gehört denn der Ball, mit dem ihr da spielt?" „Der gehört mir!" sagte einer der Jungs. „Bist Du da ganz sicher?" fragte Fritz Hund. „Fragen Sie doch meine Freunde!!!" „Woher hast Du denn den Ball?" fragte der Anwalt. „Den habe ich gekauft." „Den hast Du Dir selbst gekauft?" „Ja klar!!!" „Und woher hattest Du das Geld?" „Weiß ich doch nicht!" „Du hattest Geld, mit dem Du Dir den Ball gekauft hast, und weißt selbst nicht, woher Du das Geld hattest? Wann war das denn? Wann hast Du denn den Ball gekauft. Der sieht ja noch ganz neu aus." „Ist er ja auch. Den habe ich ja heute erst gekauft. Wenn Sie mir nicht glauben, fragen Sie doch meine Freunde." „Nein, ich frage Dich! Wo hast Du ihn denn gekauft?" „In einem Geschäft in der Stadt." „Dann zeig mir doch mal die Quittung." „Hab ich weggeschmissen." „So, pass mal auf, mein Freund," sagte Herr Hund, „jetzt ist die Märchenstunde zu Ende.

Ihr entschuldigt Euch jetzt hier bei dem Jungen und gebt ihm seinen Ball zurück." „Das ist mein Ball!" beharrte der Lügner. „Hund Fritz, frag Du ihn doch mal, wem der Ball gehört!" „Ich mach ihn fertig!" sagte Hund Fritz. „Nein, nein, Du sollst ihn nicht fertigmachen, Du sollst nur klären, wem der Ball gehört." „Okay, Chef!" Hund Fritz stellte sich vor den fremden Jungen und zeigt ihm die Zähne." „Rufen Sie den Hund zurück!" sagte der Junge. „Er will nur wissen, wem der Ball gehört." Hund Fritz knurrte ihn an und ging mit gefletschten Zähnen noch einen Schritt näher auf ihn zu. „Wem gehört der Ball?" fragte Fritz Hund. „Ja, ja, dem Kleinen da. Rufen Sie den Hund zurück!!!" „Dann gib dem Kleinen da doch den Ball, wenn er ihm gehört," sagte Fritz Hund. Der Junge warf dem Blondschopf den Ball zu. „Hier hast Du Deinen Scheiß-Ball!" „Danke," sagte der blonde Junge, „danke, Herr Rechtsanwalt!" „Wisst Ihr was?" sagte Fritz Hund, „beim nächsten

Mal spielt Ihr einfach zusammen mit dem Ball, das ist doch ganz einfach! Komm, Fritz, hast Du gut gemacht." „Soll ich ein kleines Andenken aus seiner Jeans mitnehmen?" fragte der Hund, „oder soll ich ihm wenigstens ans Bein schiffen?" „Mein Hund, Du weißt, was ich von solchen Vorschlägen halte, - also komm! – Und Du grüße Deinen Opa und Deine Tante Hilde. Und wenn Du mal wieder einen Anwalt brauchst, Du weißt ja jetzt, wo Du mich findest."

Hund Fritz brachte von seiner kleinen Stadtrunde ein Schwein mit in die Kanzlei. „Wer ist das denn?" fragte der Anwalt, „was soll denn das Schwein hier?" „Das ist mein Freund Ferkel," sagte Hund Fritz, „er ist Flüchtling und bleibt erst mal hier." „Bleibt erst mal hier?" sagte der Anwalt. „Was heißt das, er bleibt erst mal hier?" „Mein Freund Ferkel braucht ein Asyl." „Aber doch nicht bei uns!" „Wo denn sonst?" fragte der Hund. „Ich werde ihm meine Gastfreundschaft nicht verweigern." „Und vor wem und warum ist Dein Flüchtling geflohen?" fragte Herr Hund. „Vor seinem Herrn, dem Bauern Schulte-Pelkum." „Und warum?" „Weil Ferkel zufällig ein Telefongespräch von Bauer Schulte-Pelkum mitgehört hat. Er hat mit dem Metzger telefoniert. Und da ging es um Details einer geplanten Schlachtung und um Preise für Schweinefleisch." „Hm! Der Bauer wollte das Schwein schlachten?" „Du hast es kapiert. Und wenn man ein Schwein ist, dann findet man das nicht so angenehm." „Aber wir haben hier doch gar keinen Platz für ein Schwein." „Ferkel kann erst mal im Badezimmer wohnen." „Im Badezimmer??? – In unserem Badezimmer???" „Ja, da wohnt doch sonst keiner!!!" Ohne eine Antwort abzuwarten, zeigte Hund Fritz seinem Flüchtlingsfreund Ferkel das Badezimmer. „Ruh Dich hier erst mal aus," sagte der Hund zu dem Schwein. „Aber Deinem Herrchen scheint das nicht so ganz recht zu sein," sagte Ferkel. „Er ist Anwalt. Er braucht immer etwas länger, bis er eine Notwendigkeit versteht! Du bist jetzt hier mein Gast." Dann trottete Hund Fritz wieder in die Kanzlei zurück und ließ das Schwein im Badezimmer. „Wo ist das Schwein?" fragte der Anwalt. „Im Badezimmer in seinem neuen Asyl." „Du alte Töle, Du hast mich damit überrumpelt. Ich habe dem nicht zugestimmt. Und wie lange soll das nun so gehen?" „Erst mal ein paar Tage," sagte Hund Fritz, „bis uns eine bessere Lösung eingefallen ist. Du kannst doch nicht wollen, dass wir meinen Freund dem Schlachter überlassen. Außerdem hat Ferkel eine noch bessere Spürnase als ich. Vielleicht können wir ihn auch mal für eine Aufgabe als Wachhund einsetzen, wenn eine gute Nase gefragt ist." „Wir suchen aber nicht nach Trüffeln," sagte Herr Hund lachend. „Aber vielleicht mal nach Drogen!" sagte der Hund. „Weißt Du, was ich an Dir dummen Töle so liebe? Dass Du immer das letzte Wort haben willst." Da kam Annett schreiend in die Kanzlei gelaufen. „Um Gottes Willen, Schatz, was ist los?" fragte der Anwalt. „Da liegt ein Schwein im Badezimmer!" „Meine Güte," sagte der Hund, „hat man schon mal irgendwo gehört oder gelesen, dass ein Schwein nackte Mädchen beißt?"

Fritz Hund nahm Annett in den Arm. „Das ist Ferkel, ein Freund von unserem Hund." „Ferkel? Ich hätte mich fast zu Tode erschrocken. Ich war in der Dusche, machte den Vorhang auf, da grunzte mich dieses Schwein an." „Tja," sagte Hund Fritz, „das ist nämlich so: Ferkel hatte schon vorhin, als wir ins Badezimmer kamen, mal vorsichtig hinter den

Vorhang geguckt. Ich sagte ja, er hat eine gute Spürnase. Und dann verdrehte er die Augen vor Glück und erzählte mir, dass er sich sofort in Annett verliebt hätte. Liebe auf den ersten Blick nennt man das." „Ihr seid ja verrückt!" sagte der Anwalt. „Was ist? Wovon sprichst Du?" fragte Annett. „Die Töle erzählt mir gerade, dass Dich das Schwein in der Dusche gesehen hat." „Und sich verliebt hat," ergänzte der Hund. „Du hältst jetzt die Klappe!" sagte Fritz Hund. „Wieso hat er mich unter der Dusche gesehen?" „Er hat wohl kurz hinter den Vorhang geguckt," sagte der Anwalt, „Schweine machen sowas!" „Und was soll das Schwein da im Badezimmer?" „Das ist sein Asyl," sagte der Anwalt, „mein Schatz, das erkläre ich Dir später." „Sag ihr, dass das Schwein sich in sie verliebt hat!" sagte der Hund. „Wenn Du jetzt nicht Deine Hundeschnauze hältst, gibt es Stubenarrest!" sagte der Anwalt. „Warum schimpfst Du mit dem Hund?" fragte Annett. „Ja genau!" sagte der Hund, „lass mal lieber ein

Leckerli rüberwachsen." „Das fehlt auch noch, auch noch eine Belohnung für Deine Dreistigkeiten. Was frisst eigentlich Dein Freund?" „Ferkel ist ganz genügsam," sagte Hund Fritz, „ich glaube, am liebsten mag er Kartoffelschalen." „Was hat er gesagt?" fragte Annett. „Er hat gesagt, das Schwein frisst am liebsten Kartoffelschalen. Damit können wir doch dienen, oder?" „Gekochte!" ergänzte der Hund. „Gekochte Kartoffelschalen," wiederholte der Anwalt. „Gekochte Kartoffelschalen? Na gut, dann koche ich demnächst die Schalen mit," sagte Annett, „bleibt das Schwein denn längere Zeit unser Gast?" „Das wollen wir doch nicht hoffen!" sagte der Anwalt. Und Hund Fritz fügte an: „Wir haben einen Flüchtling zu Gast. Lasst Euch überraschen, wie lange er bleibt. Sein Zuhause gehört zu den gefährdeten Gebieten! Da können wir ihn nicht einfach abschieben...."

Fritz Hund und Annett saßen schon am Tisch und warteten auf Heinz und seine Frau Susan. Es war mal wieder Doppelkopf-Abend. Das Kartenspiel lag auch schon auf dem Tisch. „O je," sagte Hund Fritz, als Heinz und Susan kamen, „da kommt wieder die Tante mit der Hundeallergie und dem heraushängenden Busen." „Fritz, reiß Dich zusammen!" sagte Herr Hund. „Hallo Annett, hallo Fritz," „hallo Annett, hallo Fritz." „Hallo Susan, hallo Heinz," „hallo Susan, hallo Heinz." „Habt Ihr heute schon den Lokalteil der Zeitung gelesen?" fragte Heinz. „Nein," sagte Fritz, steht was Interessantes drin über unser Nest?" „Das kann man wohl sagen!" sagte Heinz. „Die Überschrift ist schon interessant. Sie lautet: *Sogenannte Wachhunde der Stadt werden zum Ärgernis der Polizei.*" „Hast Du die Zeitung mitgebracht? Oder soll Annett sie mal holen?" fragte Fritz. „Ich habe den Artikel hier. Soll ich mal vorlesen?" „Nehmt doch bitte Platz!" sagte Fritz. „Ja, Heinz, lies mal vor, die Überschrift klingt ja schon gut." Heinz und Susan setzten sich auch an den Tisch, und Heinz holte den Zeitungsartikel aus seiner Jackentasche und las ihn vor.

*„Sogenannte Wachhunde der Stadt werden zum Ärgernis der Polizei. – Unsere Redaktion hatte den Revierleiter der hiesigen Polizeidienststelle, Kommissar Orbus, zu einem Gespräch eingeladen. Das Interview führte unser Mitarbeiter Klaus Wittke.*

**„Guten Tag, Herr Kommissar Orbas."**
*„Guten Tag."*
**„Herr Kommissar, wie sieht es mit der örtlichen Kriminalität aus?"**
*„Eigentlich gut. Die Anzahl krimineller Handlungen ist im letzten halben Jahr um ein Viertel gesunken."*
**„Das ist ja eine gute Nachricht. Und damit sind wir auch schon beim heutigen Thema: Die Wachhunde.**
**Glauben Sie, dass der Rückgang krimineller Aktivitäten in unserer**

**Stadt etwas mit den Wachhunden zu tun hat?"**

*„Zunächst einmal, nennen wir sie bitte die sogenannten Wachhunde."*

**„Sind die sogenannten Wachhunde, oder die selbsternannten Wachhunde, nicht eigentlich Helfer der Polizei, Herr Kommissar?"**

*„Sie sind Kriminelle!"*

**„Die Wachhunde der Stadt sind Ihrer Meinung nach selbst Kriminelle?"**

*„Natürlich sind sie das! Was sind sie sonst? Das ist ja schlimmer als im Mittelalter. Wo kommen wir da hin, wenn sich solche Elemente selbst zur Justiz aufspielen!? Keine Beweisaufnahme, keine Möglichkeit der Verteidigung, keine Verhandlung und nicht einmal ein Urteil, sondern gleich die Vollstreckung. Natürlich ist das kriminell, sich so etwas anzumaßen."*

**„Sie haben sicher recht, Herr Kommissar, es ist eine Selbstjustiz. Aber viele unserer Leser begrüßen das. Wir erhalten unzählige Leserbriefe von**

242

**Bürgern, die uns schreiben, endlich greift mal einer durch, wo unsere Polizei versagt."**

„Es ist traurig und sehr bedenklich, Herr Wittke, dass die Presse so etwas noch glorifiziert und damit die Kritik an der Polizei unnötig anfeuert."

**„Wir feuern nicht an, wir berichten nur. Und wie Sie hier heute an unserem Gespräch sehen, lassen wir Sie zu Wort kommen und werden Ihren Standpunkt auch ungekürzt veröffentlichen. Aber Sie müssen doch einräumen, dass diese Wachhunde oder sogenannten Wachhunde gleich eine ganze Serie von Straftaten aufgedeckt haben. Wie erklären Sie sich das denn? Warum gelingt es denen und der Polizei nicht, diese Täter ausfindig zu machen?"**

„Das kann ich Ihnen sagen, ohne dass ich es weiß. Es liegt doch auf der Hand, dass diese Leute selbst Teil krimineller Banden sind. Wie sonst sollten sie immer wieder an die

Täter und ihre Namen herankommen!?"

**"Ja, Herr Kommissar, genau das ist meine Frage und die vieler unserer Leser. Wie kommen die Wachhunde an die Täter und ihre Namen? Sie präsentieren der Polizei doch die Kleinkriminellen auf dem Silbertablett."**

*"Für die Polizei sind sie zu einem großen Problem geworden. Die Staatsanwaltschaft ist auch schon eingeschaltet. Wir ermitteln in alle Richtungen, um dieser Leute habhaft zu werden."*

**"Sie wollen sie bestrafen?"**

"Ja, selbstverständlich! Was denn sonst? Wir leben doch in keinem Land, in dem man ungestraft Selbstjustiz üben kann und anderen Menschen die Gliedmaßen abschneidet."

**"Sie sprechen auf abgetrennte Daumen und ein abgetrenntes Ohr an?"**

"Ich möchte nicht wissen, was noch alles passiert, wenn wir diese Leute nicht bald aus dem Verkehr ziehen und sie ihrer Strafe zuführen. Ich appelliere deshalb an die Bürger dieser Stadt und auch an Ihre Leser, uns zu helfen, diese Kriminellen endlich zu schnappen und uns Hinweise zu geben, wenn jemand weiß, ob es sich um eine einzelne Person oder eine ganze Bande handelt und wer dort mitwirkt. Auch das gehört zur Bürgerpflicht, eine Selbstjustiz nicht zuzulassen! Die Polizei hat schlaflose Nächte, solange diese sogenannten Wachhunde in unserer Stadt ihrer Selbstjustiz nachgehen."

**„Herr Kommissar Orbus, ich danke Ihnen für das Gespräch und wünsche Ihnen eine gute Fahndungsarbeit zur Sicherheit der Bürger und das Ende Ihrer schlaflosen Nächte. Haben Sie noch eine Botschaft an unsere Leser?"**

„Ja. Die örtliche Polizei wird alles tun, was in ihrer Macht steht, für die Sicherheit der Bürger dieser Stadt zu sorgen, und ich bitte darum, die Errungenschaften eines Rechtsstaates nicht zu unterwandern."

„Puh," sagte Fritz Hund, „da hat man uns aber gewaltig die Leviten gelesen." „Wir unterwandern also den Rechtsstaat. So hat er es gemeint," sagte Heinz. „Und damit hat der Kommissar ja eigentlich auch recht," sagte Heinz, „aber wir tun das, was nicht in deren Macht steht. Wir schnappen uns die Kriminellen und bestrafen sie."

„Wie wäre es jetzt mit unserer Partie Doppelkopf?" fragte Susan. „Er bezeichnet uns als Kriminelle," sagte Heinz, „wir sollten schon einmal darüber nachdenken, was passiert, wenn sie uns auf die Schliche kommen. Die Staatsanwaltschaft ist auch schon eingeschaltet, wie er sagte." „Dann schiebt ihr alles auf den Köter Fritz, der Euch immer diese Informationen bringt," sagte Susan. „Ich halte jetzt nicht an mich," sagte der Hund, „ich schiff ihr jetzt ans Bein." „Das wirst Du nicht tun!" sagte der Anwalt. „Wir haben uns bisher doch nur um Fälle gekümmert, die die Polizei überhaupt nicht herausbekommen hätte," sagte Annett. „Genau!" sagte der Hund.

„Und darum darf man denen einfach ein Ohr abschneiden?" sagte Susan. „Das ist doch eine blöde Ziege," sagte Hund Fritz. „Na, na, Fritz!" sagte Fritz Hund. „Ist doch wahr. Die hat auch keine Hundeallergie. Nelly sagt, sowas gibt es überhaupt nicht." „Nelly muss es ja wissen," sagte Herr Hund. „Was muss welche Nelly wissen?" fragte Susan. „Ach, ich habe nur gerade laut gedacht," sagte der Anwalt. „Wer ist denn Nelly? – Ih!!! Was ist das denn? Ein Schwein bei Euch in der Kanzlei??? Das ist Nelly?" „Nein," sagte Fritz, „das ist Ferkel, ein Freund von Fritz." „Das ist ja widerlich!" sagte Susan. „Ich wette, sie hat auch eine unheilbare Schweineallergie," sagte der Hund. „Komm, Fritz, sei so lieb und bring Ferkel aus dem Zimmer," sagte Herr Hund. „Ist befohlen, wird gemacht," sagte der Hund, „komm, Ferkel, die alte Ziege hat gegen uns eine Allergie." Hund und Ferkel verließen das Zimmer. „Was ist denn jetzt?" fragte Susan. „Jetzt spielen wir Doppelkopf," sagte Heinz.

Karl-Friedrich von Bandow kam aufgeregt in die Kanzlei gestürzt und stolperte prompt über Ferkel, das Schwein. „Was ist das denn?" fragte er aufgebracht, „ist das hier eine Anwaltskanzlei oder ein Kleintierzoo?" „Das ist doch dieser Von und Zu," sagte Hund Fritz. „Entschuldigung," sagte Fritz Hund, „sehen Sie es doch mal so, dass wir nett zu jedem armen Schwein sind," sagte Fritz Hund. „Ich verklage Sie!" brüllte Herr von Bandow. „Sie verklagen mich?" fragte der Anwalt, „und warum?" „Weil Sie mich in meinem Freundeskreis unmöglich gemacht haben. Weil Sie es ausposaunt haben, dass Sie für mich gegen das Fernsehen klagen sollen." „Das ist ja eine unverschämte Unterstellung," sagte Fritz Hund. „Wie kommen Sie auf so eine absurde Behauptung?" „Die Leute hänseln mich. Die Leute lachen mich aus. Ich soll doch gegen den Gutenberg klagen, der damit angefangen hat, die deutsche Sprache zu verbreiten." „Herr von Bandow, jetzt hören Sie mir mal gut zu," sagte Fritz Hund, „was hier besprochen wird, das verlässt diese vier Wände nicht. Seien Sie sicher, dass aus dieser Kanzlei kein Mensch darüber gesprochen hat, ob und warum wir Sie vertreten und gegen wen und worum wir klagen." Herr von Bandow ließ sich nicht beruhigen. „Wenn Sie es nicht waren, dann war es Ihre Mitarbeiterin. Die Weiber tratschen doch alles nach draußen. Wissen Sie denn, was die Tussi ihren Freundinnen alles erzählt?" Der Anwalt rang nach Luft und Hund Fritz sagte: „Chef, ich schiff ihm ans Bein." „Ja!!!" sagte der Anwalt, „in diesem Fall. Ja!!! Tu das!" Das ließ sich der Hund nicht zweimal sagen. Schon stand er am Hosenbein von Herrn von Bandow und ließ laufen! Es lief ihm den Knöchel über den Socken hinunter in den Schuh. Herr von Bandow schrie auf. „Das ist ja eine Schweinerei. Das ist ja eine unerhörte Schweinerei. Das wird ein Nachspiel haben! Das hat Konsequenzen!" Herr von Bandow rannte zur Tür. „Ja, das hat mit

Sicherheit ein Nachspiel und Konsequenzen," sagte der Anwalt, „Sie werden die Socken wechseln müssen." Schimpfend und kreischend verließ Karl-Friedrich von Bandow die Kanzlei und hinterließ auf dem Fußboden eine deutliche Spur. „Chef, Tussi hat er gesagt, zu unserer Annett hat er Tussi gesagt." „Ja, das hat das Fass zum Überlaufen gebracht," sagte Fritz Hund. „Das hat mich zum Überlaufen gebracht, Chef. Du hättest ihm auch noch ans andere Bein schiffen sollen." „Das ist für uns Menschen ein bisschen komplizierter als für einen Hund." „Na gut, die Ausrede lasse ich gelten. Komm, Chef, lass ein Leckerli rüberwachsen!" „Ich hätte nicht gedacht, dass ich Dich dafür auch noch mal belohne," sagte der Anwalt, lachte und gab dem Hund ein paar Leckerli dafür, dass er die Beleidigung an Annett bestraft hatte. Denn darin waren sich Fritz Hund und Hund Fritz einig, auf Annett lässt man nichts kommen....

Annett kam mit einer Zeitung in der Hand in die Kanzlei. „Fritz, hör Dir das an! Die Bruchsteinmauer am Friedhof wurde besprüht und vermutlich am gleichen Tag ein Grab geschändet." „Ich weiß, wer das war," sagte Hund Fritz. „Du weißt, wer das war?" sagte der Anwalt. „Natürlich nicht", sagte Annett, „woher soll ich das denn wissen. Ich habe es hier gerade in der Zeitung gelesen." „Nein, nein, nicht Du! Der Hund sagt gerade, er weiß, wer das war. – Erzähl mal, Fritz!" Und der Hund erzählte: „Nelly und ich hatten einen Stadtbummel gemacht. Als wir am Friedhof vorbeikamen, sahen wir zwei Jungs, die mit Sprühflaschen die Mauer hinter der Kapelle besprühten. Und als sie damit fertig waren, gingen wir hinter ihnen her. Sie gingen über den Friedhof und kamen an einem Grab vorbei, auf dem verschiedene Spielsachen lagen." „Spielsachen auf dem Grab?" fragte Fritz Hund. „Ja," sagte Annett, „das steht auch hier in der Zeitung. Da ist ein Junge begraben und seine Geschwister hatten ihm Spielsachen

251

auf sein Grab gelegt." „Erzähl weiter, Fritz." „Die beiden lachten darüber, nahmen die Spielsachen von dem Grab, warfen sie auf den Weg und zertrampelten sie. Dann gingen sie weiter. Wir haben sie dann verfolgt. Einer verschwand in Hausnummer 36 in der Lärchenstraße, der andere in Hausnummer 38 nebenan." „Wie kann man so etwas machen?" sagte Annett entrüstet, „wie kann man ein Grab schänden, ein Kindergrab. Was sind das für Menschen???" „Danke, Fritz!" „Ein Fall für die Wachhunde," sagte der Hund. Das bespreche ich noch mit dem Heinz," sagte der Anwalt. „Ich glaube, wir sollten es diesmal ganz einfach der Polizei melden, wo sie die Täter finden. Nach dem Zeitungsinterview wird es Kommissar Orbus genießen, wenn er sich um den Fall kümmern darf. Wir sollten ihm das Erfolgserlebnis gönnen." „Aber wir können doch sagen, dass der Hinweis von den Wachhunden kommt," sagte Annett. „Ja; natürlich, - und anonym. Ich werde Heinz nachher mal anrufen und ihn fragen, was er davon hält.

Und wenn er einverstanden ist,
Annett, dann gibst Du dem Orbus
einen Hinweis, wo er die Täter
findet." „Er kann ja dann selbst
entscheiden, ob er es jemandem
sagt, dass der Hinweis von den
Wachhunden kam," sagte Annett
lachend." „Ja," sagte Fritz Hund, „ich
glaube, das ist vorher schon
entschieden!" „Und was ist mit Nelly
und mir?" fragte der Hund. „Ihr seid
die wahren Helden," sagte der
Anwalt. „Ihr genießt es einfach
schweigend, dass der Fall ohne
Euch nie aufgeklärt worden wäre!"
sagte Annett. „Ist das nicht eine tolle
Frau!?" sagte Hund Fritz. „Und klug
ist sie auch noch," sagte der Anwalt.
„Hoffentlich gibt das eine saftige
Strafe für die beiden. Alleine für die
Reinigung der Bruchsteinmauer wird
sicher ein vierstelliger Betrag fällig.
Und die Grabschändung wird noch
eine ganz andere Strafe nach sich
ziehen," sagte der Anwalt, „bei
solchen Delikten möchte ich kein
Verteidiger sein." „Wozu bedarf es
da überhaupt noch einer
Verhandlung?" sagte Annett, „dafür

braucht man nicht auch noch Steuergelder zu verschwenden. Bei trocken Brot und Wasser einsperren sollte man sie."

„Wir leben in einem Rechtsstaat," sagte der Anwalt, „so einfach geht es ja doch nicht. Und ein Recht auf Verteidigung haben sie auch." „Dann wäre es wohl vielleicht doch besser, wenn die Wachhunde ihnen einen Denkzettel verpassen, den sie nie mehr vergessen werden," sagte Annett. „Nun lass mal Kommissar Orbus seine Arbeit machen, sie werden schon eine angemessene Strafe bekommen."

Beginnend mit den beiden Friedhofsschändern haben die Wachhunde ihre neuen Fälle anonym an Kommissar Orbus gemeldet, wenn Hund Fritz wieder mal einem Kleinkriminellen auf die Schliche gekommen ist. Die Kriminalität in der Stadt hatte allerdings auch sehr abgenommen, seitdem es sich herumgesprochen hatte, wie die Wachhunde die Täter bestraft hatten. Die Zeitung hatte mehrfach darüber berichtet. Nur in einem Fall sind die Wachhunde noch aktiv geworden. Das war ein ganz besonders schlimmer Fall, ein brutaler Einbruch und Raub bei einem Rentner-Ehepaar. Die Wohnung war verwüstet worden, Ersparnisse und Schmuck gestohlen und die beiden alten Leute geknebelt und gefesselt in ihrer Wohnung zurückgelassen worden. Als die Wachhunde dem Täter auf die Spur kamen, haben ihm Fritz Hund, Hund Fritz und Heinz einen Besuch abgestattet. Sie konnten dort zwar die Beute nicht finden, haben den Verbrecher aber unter Androhung, ihm beide Hände abzuschneiden, dazu gebracht, ein Geständnis zu unterschreiben. Dieses Geständnis haben sie an die Polizei geschickt, so dass auch dieser Fall seinen juristischen Lauf nahm und der Einbrecher inzwischen hinter Schloss und Riegel sitzt.

Fritz Hund und Annett haben inzwischen geheiratet und erwarten ihr erstes Baby. Hund Fritz trug eine weiße Schleife um den Hals und hatte zu dem Anwalt gesagt: „Ich habe auch ein Hochzeitsgeschenk für Euch beide. Ihr dürft mich ab heute Fritzchen nennen."
Was gibt es sonst noch zu berichten? Hund Fritz kann Susan, die Frau von Heinz mit dem großen Ausschnitt und der angeblichen Hundeallergie, immer noch nicht leiden, „ich schiff ihr ans Bein" ist nach seinem Verständnis immer noch die Androhung der Höchststrafe. Und Ferkel ist glücklich und zufrieden in einem Gnadenhof für Tiere untergekommen.